転生幼女はあきらめない

~Reincarnation's little girl never gives up~

9

カヤ

イラスト 藻

CHARACTER

リーリア

キングダムの四侯、オールバンス家の娘として生まれた転生者。トレントフォースからの帰還後、ニコの学友として王城へと通っている。３歳。

ルーク

リーリアの兄。愛らしいリーリアをひと目見たその日から、守ることを決意する。リーリアがオールバンス家に帰ってきてからは、より一層深い愛情を示す。

ニコラス

キングダムの王子。癇癪もちと思われていたが、王城に遊びに来たリアによりその原因が魔力過多であることがわかり、本来の素直でまじめな性格に戻る。

ディーン

オールバンス家の当主でリーリアの父。妻の命と引き換えに生まれたリーリアを疎んでいたが、次第に愛情を注ぐようになる。今では完全に溺愛している。

アリスター

トレントフォースでリーリアを引き取り生活をともにしたハンター。リスバーン家の庶子。

ギルバート

リスバーン家の後継者。ルークとウェスターを訪れた。アリスターは叔父にあたる。

カルロス

ファーランドの第一王子。二人の従者と共に、領都シーベルへの旅に同行している。

ハンス

リーリアの護衛。元護衛隊の隊長だったがディーンにリーリアの護衛として雇われた。

ナタリー

キングダムへと戻ってきたリーリアに付いたメイド。早くに未亡人となり自立の道を選ぶ。

ユベール

魔道具の技師。王都襲撃に巻き込まれたことで職を失い、オールバンスの屋敷で働くことに。

OUTLINE

MAP

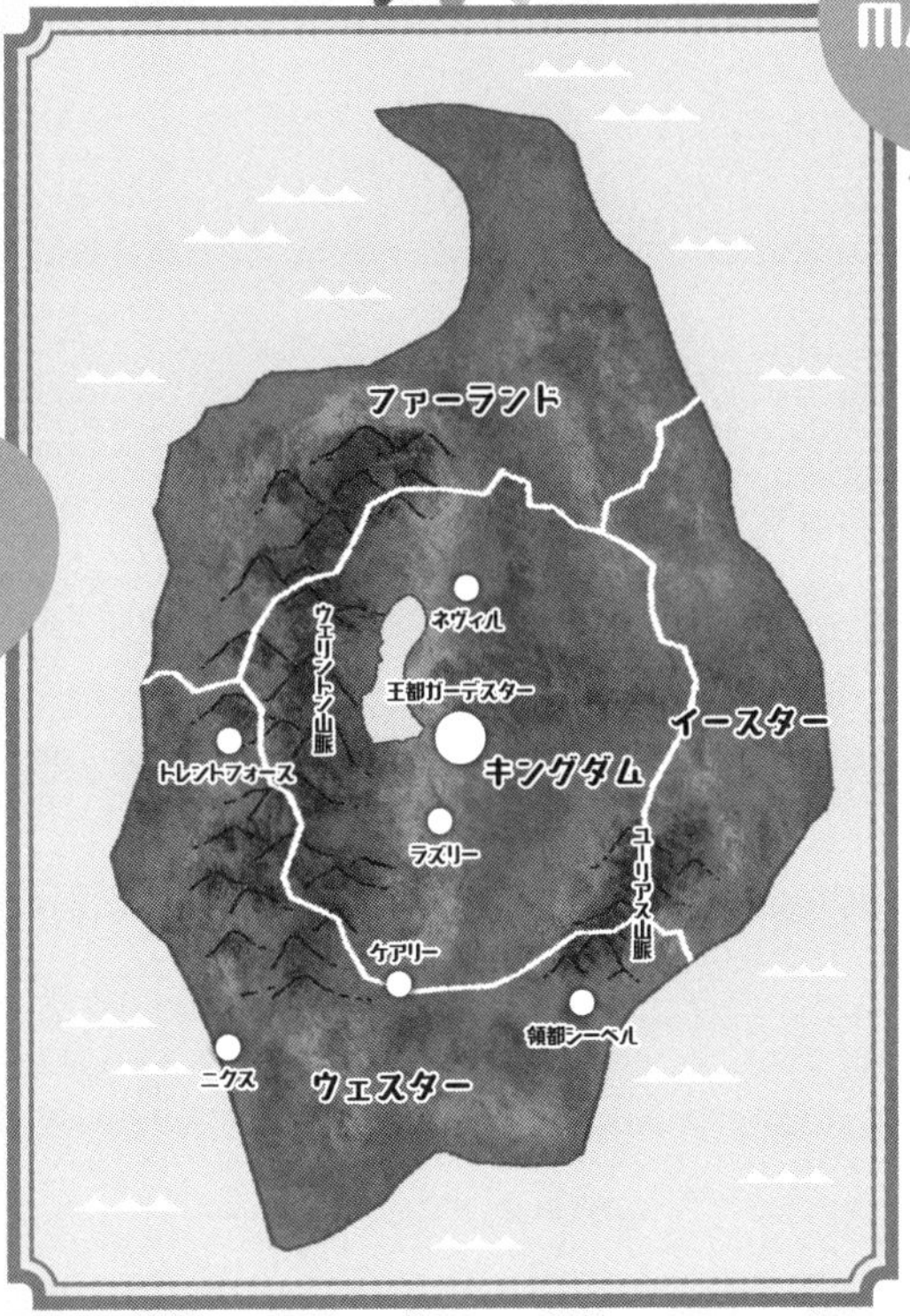

あらすじ

トレントフォースでの日々が終わり、家族のもとへ戻ったリーリアは、家族をはじめとしたオールバンス家の人々や王子のニコラスたちと楽しい日々を過ごす。

そしてリーリアは三歳を迎え、たどたどしかった言葉が抜けてきた頃、ウェスターからの招待を受けると、キングダムの王族や四侯の跡取りたちに加え、ファーランドの王子一行を伴った領都シーベルへの長い旅が始まる。道中で互いの理解を深めながら、一行はウェスターへ向かうのだった。

そして領都シーベルでの式典を終えたリーリア達一行は、ファーランドの王子カルロスの希望によりトレントフォースを経由してキングダムへの帰路につく。だが道中ケアリーで町長一家による騒動の中、幼いリーリアを誘拐した犯人、イースターの元王子・サイラスの姿が発見された事によりウェスターにとどまる事を余儀なくされるのであった。

- もくじ -

プロローグ

思ったよりも大変に

春の日差しがうららかだ。草原には黄色や白の花が咲き乱れ、その花の蜜を求めているのか、耳元を虫たちがブーンと通りすぎていく。

「平和とは、こういうことを言うんでしょうか」

珍しくとぼけたことを言っているのは、私の隣に座り込んで草をちぎっては捨てている兄さまだ。

「いや、まったく平和な状況ではないよね。ルークは何を言っているのかな」

こちらも珍しくまともな突っ込みを入れているのは、同じく私の隣で草原に大の字に寝転んでいるカルロス王子である。

「われらばかりのんびりしているが、ヒューはだいじょうぶだろうか」

そして一番心のこもった発言をしているのが、我らがキングダムの希望の星、ニコである。

少し離れたところにはハンスをはじめ、護衛が何人も立っているが、いつもより人数が多く、そしていつになく真面目な顔をしている。

「まさかあいつがキングダム側に逃げるとは思いもしなかったからな」

兄さまの隣に座りぼんやりと空を見上げているのはギルだ。

「プー」

私の吹いた草笛の音が、草原を寂しく流れていく。

「ふっ、くふふ」

「やめろよ、リア。もっと気が抜けるだろ」

「プー」

兄さまが笑い出し、ギルが草の上にひっくり返る。寂しさなどどこへやら、結局は和やかな私たちである。

「ニコも、はい」

「うむ。ありがたい」

経験上、草笛は取り上げられることが多い。したがって余分に作ることにしている私は、不公平にならないようニコにそれを手渡した。

「プー」

「プ、プー」

ここらへんで、いつもなら噴き出すか的確な突っ込みを入れるハンスだが、このところ相手をしてくれない。

それもこれも、ケアリーの下屋敷で遭遇したあいつのせいなのだった。

「なんで当たり前のように商売して暮らしてるかな。隠れ忍ぶものだろ、犯罪者なんだぞ。それも国家を揺るがすレベルの」

ギルがぶつぶつ言っているが、私もそう思う。

「今ごろはウェスターの西部へと旅立ち、果てしない草原を竜で駆けているはずだったのに、なぜこんなところで幼児と草原を眺めているのだろうな」

別に一緒にいてくれと頼んでいるわけではないと言おうとしたら、ニコに先を越された。

「カルロスどのは、やしきにもどっていてもかまわないのだぞ」

「いやだよ、あんな気まずいところ」

カルロス王子の意見には、全員無言で頷《うなず》くしかない。

そもそも私たちは、キングダムからウェスターの領都シーベルに招かれ、町を覆う結界の成功を褒めたたえてそのまま帰るはずだった。しかしカルロス王子が、ウェスター西部経由で遠回りしてファーランドに帰りたいとわがままを言ったせいで、私たちまでケアリー経由で帰ることになった。

いわばお付き合いでここにいるのだが、そのことを責めるつもりはまったくない。

なぜかというと、それに便乗して、ケアリーに着くまでの道中を大いに楽しんだからである。

さらにケアリーに着いてからもしっかり楽しんだ私たちがお世話になっているのは町長の屋敷なのだが、今問題になっているイースターの第三王子、いや、元王子のサイラスがラグ竜の商人として出入りしていたのが、その町長の浮気相手がいる別宅だったのだ。

当然、いくらサイラスの正体を知らなかったと主張したところで、ケアリーの町長には何らかの責任が問われることになるだろう。

そのうえ、浮気しているということが奥さんのイルメリダには知られてしまうし、浮気相手は息子のカークのかつての恋人ときては、私たちが滞在している屋敷全体が沈鬱《ちんうつ》な空気に包まれていても不思議はない。

「それもこれも、リアとニコ殿下が余計なことをするからだしな」

ギルに指摘されても、これについてはその通りなので否定しようもない。

「うう、ごめんなさい」

「うむ。こればかりはいいわけできぬ」

私とニコはしおしおと謝罪した。わざとやったわけではないにしても、結果的には屋敷を抜け出して、浮気相手の家を暴くことになってしまったのは確かだからだ。だが、第三王子のサイラスがそこにいたのは、ほんの偶然に過ぎない。そこまでは責任は持てないと思うのだ。

そんなに居心地が悪いのなら、町長の屋敷を出ればいいではないかという意見もあるだろう。私たちはそもそもキングダムの貴族なのだから、キングダム側のケアリーの屋敷、あるいはケアリーのあるあたりを治めているブラックリー伯爵の屋敷に滞在すればよいと。

そこで問題になってくるのが、サイラスが逃げたのがキングダム側だということらしい。

逃げたのはサイラスとシーブスと名乗る二人連れだから、私は危険性はないと思うのだが、キングダム側に危険人物がいる以上、ウェスター側にとどまってくれと言われてしまったのだ。

誰にかって?

ブラックリー伯爵にである。

自分の領地を通って犯罪者が逃げたものだから、さすがに無視するというわけにはいかなかったのだろう。キングダム側のケアリーにやってきて、そこからあれこれ指示出しをしてくれているというわけだ。

逃亡を警戒しているわけではないが、ケアリーの町長は屋敷の一室に幽閉状態である。

私たちを引率しているヒューはウェスターの第二王子なのだが、領都シーベルにだけでなく、キングダム側のケアリーに働きかけて王都やブラックリー伯爵にも早竜《はやりゅう》を出し、今後の指示を仰いでいるところだ。

その返事が返ってくるまでにも、できうる限りの調査をしていて、私たちのようにのんびり草原で過ごす余裕などないのだった。

「なにか手伝えることがあるといいのですが」

「こういう時、成人前の身は歯がゆいよな」

使える人も金もなければ、その権利もない私たちである。

もっとも、アリスターだけは、バートたちと共に町で調査に当たっているらしい。

そんな忙しい日々でありながらも、ヒューは毎晩食事は私たちと一緒に取り、その日の進捗を聞かせてくれるのだった。仲良くなったものだと思う。

それによると、サイラスがキングダムに入ったのは本当に確からしい。

「しかもケアリーの町中を抜けてだぞ。しかし、そのまま北上したという目撃情報はあっても、そこから先がまったくわからん」

ヒューがイライラしているのは捜査が進まないことことだけではない。

「町を通らず草原を抜けて行けば行く先がわからないものを、わざわざケアリーの町中を抜けて目撃情報を残しているように見える。それが攪乱《かくらん》なのか、それとも我々を馬鹿にしているのかわからないから始末に負えない」

キングダム側に行っても、町を経由せずにウェスターに戻ってくることもできる。サイラスがどこへ行ったのかもう少しはっきりするまでは、私たちもカルロス王子も動くことはできないのだ。

狡猾《こうかつ》で大胆に行動できる者であれば、伝達手段が早竜しかないこの世界はやりたい放題なのだなと、私は他人ごとのように思うのだった。

そうして状況が膠着《こうちゃく》したまま、一〇日近く無為に過ごすことになった私たちは、今日も今日とて屋敷の裏手の草原に来ているというわけだ。

さすがにいつまでもぼんやりしているわけにもいかないので、外ということを生かして、兄さまたちは剣の訓練をしたりしている。一人前の顔をしてニコも参加しているのがおかしいが、私は剣など持ちたくないので、訓練を見たり、春の花を摘んだりとそれなりに忙しい。

剣の訓練がひと通り済めば、カルロス王子一行の魔力の訓練もしたりする。

「魔力がそれほどない私たちがやっても意味があるのでしょうか」

リコシェとジャスパーにも訓練を施そうとすると、少し意外そうな顔をした。

「キングダムでは貴族の子どもたちは、学院で皆、魔力訓練を受ける。少ししか魔力がなくても、それを意識しておくことは大事だし、なにより君たちはカルロス殿下の従者だからな」

直接教える私より、実際学院に通っていたギルのほうが説得力があるのは仕方がない。むしろ説明してくれて助かるくらいだ。

「かるろすでんか、すぐさぼろうとするから。くんれんのやりかたをしっている、おめつけやくがひつよう」

私はギルの言葉をよりかみ砕いて説明してあげた。

体の中の魔力を意識させれば、それを巡らせるのはそんなに難しくない。

教えるのは無理でも、従者が一緒にやってくれるとなれば、カルロス王子も少しはやる気が出るだろうと思う。

平和だとかノンビリだとか言いながらも、普段の生活では味わえない自由な時間を過ごしていた私たちだが、その日もいつものように花を摘んでいると、ハンスの声が響いた。

「リア様！　しゃがんだまま動かずに。殿下、リア様の側に！」

他国の王子がいても兄さまがいても、相変わらずハンスは私中心である。私は素直に動きを止めると、顔だけ動かしてハンスのほうを見た。ニコも急ぎ足で私の側に来ると、小さな剣を足元に置いてしゃがみこむ。

ハンスが手を動かして合図すると、私たちを囲うように護衛が素早く動いた。剣を振っていた兄さまたちは、訓練用の剣を手に持ちながら、私とニコを守るように移動する。

いったい何が起こったのか、ハンスの厳しい視線は、キングダム側に向いていた。

「土煙。ラグ竜。統率の取れた動き。何者かがこちらに向かっているようですね」

「ブラックリー伯爵からは何の連絡もなかったが、敵か、味方か。数でいえばこちらのほうが多そうだな」

割と危機的な状況だと思うのだが、兄さまもギルも落ち着いている。

「にいさま」

思わず呼んでしまったが、少し不安そうな声に聞こえたのかもしれない。兄さまは視線を前方に向けたままで少しかがむと、しゃがみこんだ私の背中にそっと手を置いてくれた。

「大丈夫、とは言えませんが、相手が敵だった場合、逃げるか、ここで立ち向かうか、二つに一つです。だったら、背を向けるより立ち向かったほうが勝率がいい」

子どもだからと馬鹿にせず、状況を丁寧に説明してくれた。もしかしたら、大きい人たちは、こういうことが起きた時の行動をあらかじめ相談していたのかもしれないと思わせるほど迷いがない。

「たってもいい？」

それならば、私もすぐに動けるようにしておきたい。しゃがみこんで足がしびれたままでは、いざという時にすぐには動けないだろう。

「いいでしょう」

ハンスが頷いたのを確認して、兄さまが許可を出してくれたので、私とニコはいそいそと立ち上がった。

小さい私たちでも、立ち上がったら遠くまで見える。重なるように私たちを守っている人たちの隙間から、確かに竜の姿が見えると同時に、ドッドッという足音が響いた。

「あのときと同じだな」

「うん」

領都の結界を張るセレモニーの時、ラグ竜の群れに襲われた時と同じ、重苦しい竜の足音だ。だが、この竜の群れは暴走しているわけではない。よく見ると、先導しているかのように一騎だけ突出しているように見える。

「あれは……」

驚いたような兄さまの声にかすかに喜色が混じる。

竜に乗るのにふさわしいとは思えない明るいグレーの服に、白くも見える明るい金髪は竜に乗っているにもかかわらずきっちりまとめられて揺れもしない。

「おとうさまだ！」

「まさか。オールバンス侯がか」

カルロス王子の呆然とした声が響くが、私が大好きなお父様を見間違えるはずがない。思わず走り出そうとした私を、兄さまが止めた。

「リア、ここで待ちましょう」

「でもにいさま！　おとうさまは、こっちにこれないでしょ」

成人した四侯は、キングダムの結界の外側には出てはいけない。そして私たちがいるのは、ちょうどキングダムの結界のすぐ外側なのだ。

「だったら、リアがいかないと！」

お父様がいなくても楽しく暮らしていたのは事実だが、一度お父様を目にしてしまったら、なんとしても近くに行って抱き上げてもらいたいのだった。

「お父様がどういう事情で来られたのか、まだわかりません。ここは慎重になるべきです。もう少し我慢しましょう」

気持ちだけがはやるが、兄さまの言うこともわかるので、ぐっとこらえたらなぜだか涙がにじんだ。

「リア、ほら」

心配した顔のニコが手を差し出してくれたので、右手でニコと手をつなぐと、左の腕でごしごしと目をこする。

「もうすぐ国境だが……」

ハンスが小さい声でつぶやいた。まさか、いやご当主ならやりかねないと、もっと小さな声で独り言を言っている。

「スピードを緩める様子がないな」

「後ろは護衛隊ですね。グレイセスか！」

兄さまが叫んだ途端、お父様の後ろについていた人たちが大きく広がった。

「まさか止める気ですか！　リアの時のように！」

私の脳裏にあの時のことが甦る。もう少しで手が届きそうだった。それなのに竜に引き離され、お父様は護衛隊に引き倒されたのだった。

「おとうさま！　おとうさま！」

思わず叫んだ私の声が届いたのか、お父様は竜のスピードを上げてあっさりと国境を越えた。

警戒した護衛隊は単にお父様の後ろを警戒して守ろうとしただけだったようだ。ぶつかるかという勢いで竜を走らせてきたお父様は、竜を止めると同時にひらりと飛び降りた。

「ルーク！　リア！」

ニコはつないでいた手をそっと離してくれた。私はありがとうと言う間も惜しみ、お父様のほうに駆けだし、飛びついた。

「おとうさま！」

「おお、リア！　無事だとわかってはいたが、つい心配でな」

お父様はしゃがみこんで左手で私をぎゅっと抱きしめると、右手を兄さまに伸ばした。

「つい心配で来るには、ウェスターは遠すぎますよ。お父様」

兄さまの声が少しばかり震えているのは、嬉《うれ》しさを隠そうとしているからだと思う。

私と兄さまを腕に抱え込んだお父様は、肩で大きく息をしていた。必死で竜を走らせて来てくれたに違いない。

そんなお父様の後ろで、護衛隊の人たちが次々と竜から降りている。そのうちの一人が、笑いながらこちらに手を伸ばした気配がした。

「三〇をとうに過ぎた男に遅れを取るとは……。私もまだまだだな、ニコ」

「おじ上！」

ニコが大きな声を上げた。お父様の腕から見上げると、既にアルバート殿下に抱き上げられているニコが見えた。護衛隊の黒っぽい制服に比べると、こちらも赤を基調にして華やかだ。

アルバート殿下の腕の中で満面の笑みを浮かべているニコは、年相応に見えてかわいらしい。

四侯であるお父様だけでなく、なぜ王族であるアルバート殿下までここにいるのかという疑問はあるだろうが、誰もが再会を尊重して見守ってくれていた。

いつまでもお父様にくっついていたい私だったが、そういうわけにもいかない。しぶしぶとお父様の胸を押すと、お父様も回した腕の力を緩めてくれた。

「グレイセス？」

前回はお父様を倒してでも止めたのに、今回はどうしたのか。

そういう意味を込めてグレイセスに声をかけた私である。

「既にイースターにて、国境を越える件はなし崩しになっておりますゆえ」

それでも今回ウェスターに来るにあたって、監理局はぶつぶつ言ったではないかと私はちょっと思った。

「もちろん、基本的には出ないでいただきたいというのが監理局の方針です。ですが、運用は現場に任せられていますので。リア様やルーク様を目にした侯の勢いは、こちらが止める間さえなく」

「あれほど頑なだったお前が柔軟になったものだな」

お父様の皮肉にもグレイセスはひるまず、その通りですと言うかのように軽く頭を下げたのみである。

「ですがディーンおじさま。越えるかどうかはともかく、なにゆえ国境までいらしたのですか。サイラスの件は驚いたとはいえ、四侯や王族が来るほどのこととは思えませんが」

状況が落ち着いたと見たのか、ギルが問いかけた。お父様にも驚いたが、アルバート殿下の登場にはもっと驚いたというのが事実だ。

「事件が起きた側ではそういう認識だったか」

アル殿下はニコを抱き抱えたまま苦笑し、子どもを抱いたままでは話ができないと思ったのか、そっとニコを下ろした。

「そこのとぼけた幼児」

「私のかわいらしいリアのことですか」

すかさずお父様の突っ込みが入った。

「う、うむ。その、リア嬢にしろうちの賢いニコにしろ、終わったことはどうでもいいと思っているだろうが」

　その通りである。アルバート殿下が私のことをよくわかっていることに意外な思いで見上げると、アル殿下が少し口元をゆがめた。

「くっ。なぜお前のほうが何もかもわかっているような振る舞いなのか」

「お前ではなく、リアです。とても愛らしい、オールバンスの至宝の」

「わかっている。ただちょっとイラッとしただけだ」

　お父様にも苛立たしげな目を向けるアル殿下のへそ曲がり具合は、ちょっとだけヒューに似ているような気がする。それから殿下はコホンと咳払いした。

「あー、終わったことはどうでもいいと思っているかもしれないが」

　そこからやり直しである。

「そもそもあの事件でサイラスを逃がしたことはキングダムにとって大きな汚点だった。それがのうのうと生き延び、あまつさえ商人として平然として町に出入りしているなど、決して許せることではない」

　当事者である私たちのほうがピンと来ていなかったようだ。

「ましてやキングダムに自由に出入りしている様子だと聞けばな。こたびは中途半端に奴を逃がすつもりはない。我らは」

アル殿下は軽く手を上げて自分とお父様をまとめた。

「目撃情報があったケアリーに直接来たが、動いているのは我らだけではない」

なんだか大きな話になったような気がして、私も緊張してアルバート殿下の次の言葉を待つ。

「既にキングダムのすべての町に捜査する人員を派遣した。そしてファーランド方面のすべての街道は封鎖してある」

この言葉にはファーランドのカルロス王子が息を呑んだ。そのカルロス殿下のほうに、アルバート殿下は体ごと向きを変え、軽く会釈をした。

「挨拶もせずに申し訳ない。ファーランドのカルロス殿下とお見受けする。私はキングダムの第二王子のアルバートだ」

カルロス王子も姿勢を正した。

「ファーランドの第一王子、カルロスだ」

ほぼ同じ年の二人だが、カルロス王子が王都に滞在していた時、アルバート王子はイースターにいたので顔を合わせるのはこれが初めてだ。

「申し訳ないが、先ほど言った通り、ファーランド方面は封鎖しており、検問を受けなければ自由に出入りできないようになっている。同時にファーランドには、ウェスター方面も封鎖するように依頼してある」

「ウェスター方面を？」

なぜファーランドにウェスター方面を封鎖させるのか、カルロス王子でなくても疑問である。

「万が一、既にファーランドに逃亡してしまっている場合、ファーランドの西側からウェスターに入り込まないようにするためだ」

なんだか本当に壮大なことになっている。

「キングダムに入り込んだサイラスを、キングダム内で捕らえる作戦だ。そのため、ウェスター側の国境も封鎖するよう、領都シーベルにも連絡を取ってある」

こちらではケアリーの町長をどうするかで大騒ぎだというのに、キングダムではサイラスのことが大問題になっていたとは予想もしなかった。

「ところで、正直なところ草原でこんなことを話すことになるとは思っていなかった。ケアリーの屋敷へ向かおうとしていたのだが、そもそもなぜ屋敷ではなく、こんなところにいるのだ？」

アル殿下は腕組みをしてギルや兄さまに問いかけた。

「ああ、町長の屋敷は今、ちょっと居心地が悪いんです」

ギルは気まずそうにそう言うと、詳しい説明は避け、兄さまと共に自ら先頭に立って町長の屋敷へと向かった。

私はといえば、お父様に抱っこしてもらいながらご機嫌である。

「しばらく会わないうちに少し重くなったか？」

「リア、おおきくなったとおもう」

誰も彼もがレディに対して重いと言うのはどうしたわけか。だが、ここは幼児の成長を喜んでいるものと判断し、寛大に振る舞う私である。

屋敷付属の竜舎に向かい、アルバート王子とお父様を見てキングダムの王族と四侯と気づき、大きく目を見開きブルブルと身を震わせる厩番《うまやばん》に竜を預けると、お父様はとても興味深げに竜舎を見ていた。私はといえば、あの時にこの厩番がいれば荷に隠れずに済んだのにと、ちょっと恨めしい目をしてしまったが、責任転嫁だということはちゃんと理解はしている。

オールバンスは竜の牧場を持っているが、屋敷のすぐそばの竜舎は単純な作りだ。町長の竜舎はとても使いやすい作りなので、お父様は興味を引かれたのだろうと思う。

「さっそく参考にすべきことが見つかったな」

この柔軟な考え方、さすがお父様である。

しかし感心している私に、兄さまがこそっとささやいた。

「お父様、国境から出られたから、珍しくはしゃいでいますよね」

「はしゃぐ？」

私もこそっとお父様の様子をうかがってみる。考えてみれば、もし参考にしようと思ったとしても、お父様はそれを口に出したりしないし、珍しそうな顔であちこち見たりもしない。いつもなら何にも興味を持たないような顔をして、実利だけしっかり持ち帰っているはずだ。

ということは、兄さまの言う通りうきうきしていて、心の声がちょこっと外に漏れたのに違いない。

「おとうさま、かわいい」

「ですよね」

ふふふっと笑っている私たちを怪訝そうにして側に来たお父様を見て、ブルブルしていた厩番が思わずというように口を開いた。

「淡紫が三人。三人も……」

王都ですら私たち三人が一緒にいるところを見たことがある人はほとんどいないのだ。確かに貴重な機会であろう。

私と兄さまは心得たようにニコリと笑顔を見せた。

「ありがたや、ありがたや」

結界の外にあるケアリーには四侯の恩恵はたいしてないはずだが、拝んで気分がよくなるのなら、気が済むまでやればよいのである。

感動する厩番を竜舎に残したまま、私たちはすたすたと屋敷のホールに向かった。長いこと滞在して勝手知ったる私たちはともかく、お父様もアルバート王子もまるで自分の屋敷にいるように堂々としているのがさすがだ。

先触れなど出していないので、お屋敷の使用人たちはぽかんとした顔で通り過ぎる私たちを見ているだけだ。そのうち、はっとした数人があたふたと散り始めた。当主代理のカークを呼びに行ったのだろう。

到着したホールは一介の町長のものとしては広く、アルバート王子とお父様一行が追加されたところで狭くもなんともない。

「ふむ。なんとも贅《ぜい》をつくした造りだな」

お父様がさりげなくあちこちを観察しながらそう口にした。

「建築様式はキングダムの王都の貴族のものを取り入れていると聞いたが」

カルロス王子が解説していて、誰の屋敷なのかと再び口にしたくなる。

そんな状況の中、慌ただしい気配と共にまずやってきたのは護衛隊によく似た制服、キングダムの国境警備隊の面々だった。

以前ギルに好きなように行動してよいと言われたのをどう解釈したのか、私たちの警護に躍起になっていたのは最初だけだった。何をしているのか興味もなかったが、どうやら町長の屋敷でのんびり過ごしていたらしい。

「あ、淡紫に金……」

お父様とアル殿下を見て思わず言葉がこぼれ出ているその人は、確かアンディ・レミントンといったような気がする。派遣されてきた国境警備隊小隊長かなにかだ。あいかわらず制服が微妙に崩れていて、いったい町長の屋敷で何をしていたのやらという感じだ。

「国境警備隊のものか。なぜここにいる」

「そ、その、四侯のお子様方の警護のためにです」

アル殿下の質問に、間抜けな答えが返ってきた。

「それならなぜ側にいない」

「それは、その……」

アンディとやらがさぼっていたなどとは言えず、答えに苦しんでいる間に、一階の執務室から慌てカークがやってくるのが見えた。急いでいるせいかいつもより杖の突き方がぎこちなく、体が上下に揺れている。

玄関から客としてやってくるのではなく、厩から直接押しかけてくる客がいるなどと考えてもみなかったのだろう。

久しぶりに近くで見てみると、顔色も悪いし少しやせたような気がする。

カークはお父様に目をやると驚きに目を見開き、私を探して視線をさまよわせた。

私は目を合わせてしっかり頷いた。

カークは覚悟を決めたような顔で目を上げると、今度はアルバート殿下を見てまた大きく目を見開き、今度は助けを求めるようにニコを見た。

ニコもしっかりと頷いてみせた。

カークにとってはなぜこの屋敷にキングダムの王族と四侯がいるのかわからず戸惑ったことだろう。だが、すぐに背筋をすっと伸ばすと、恭《うやうや》しく目礼をした。

「私はこの屋敷の当主代理、カーク・ケアリーです。キングダムの高貴なる方々の訪れを歓迎いたします」

どこか頼りなかったカークの堂々とした挨拶に、私は胸になにか熱いものがこみ上げるような気がしたが、それよりもほっとした気持ちのほうが強かったかもしれない。

例の事件があってから、カークとまともに顔を合わせたのは今日が初めてだった。

私が好奇心旺盛に、猫のドアから顔を出さなかったら、そして竜舎に遊びに行かなかったら。父親が浮気していて、その相手が自分のかつての恋人だったとは知らずにすんだかもしれない。子どものしたこととはいえ、私のことを恨んだり、憎んだりしても仕方がないと思っていた。だが、その人はリアの父親で間違いはないですかというカークの問いかけの視線には、私に対する隔意はまったく感じられなかった。そう思うのは失礼かもしれないけれど、純粋に友だちに問いかける目だったと思う。

命を救ったというきっかけはあったにしろ、再会した後は普通に仲良しになったと勝手に思っていた私は、カークとの仲が悪くなるかもしれないことを少し寂しく思っていたので、ちょっと安心した。

「突然の訪《おとな》いとなってしまい、申し訳ない。ことは至急を要したため、先触れを出すことはできなかった」

お父様が淡々と口上を述べる。

「私はキングダム四侯が一人、ディーン・オールバンス。そしてこちらが我が国の第二王子、アルバート殿下である」

「お嬢様には命を助けていただいたことがございます。ただいま取り込み中ではありますが、この屋敷でかまわなければ、いくらでもご滞在くださいませ」

カークは打てば響くように答えている。

「すまぬな。こちらこそ申し訳ないが、ある作戦のため、ここを勝手に集合場所に指定させてもらっている」

「集合場所？」

カークがお父様に聞き返しているが、私も何のことだろうと首を傾げてしまう。

「ああ。それは……」

お父様が言いかけた時、玄関にガヤガヤと人の気配がした。私たちと違って竜舎から直接来なかったということは、普通に客人ということだろう。

おろおろしていた使用人の一人が急いで玄関を開けると、勢いよく入ってきたのは、まったく知らないおじさんだった。

「オールバンス！　勝手が過ぎる！　なぜ我が屋敷を素通りして、勝手にウェスターに出たのだ！」

その人は挨拶も何もなく、いきなりお父様を怒鳴りつけた。

お父様は表情も変えず、肩をすくめた。

「失礼なのはお前だろう、ブラックリー。殿下の御前だぞ。しかも、ここはケアリーの町長の屋敷だ。挨拶もないのはいったいどちらだ」

兄さまの口元がピクリと動いたのが見えたが、私は素知らぬ顔をしておとなしくしていた。

挨拶もなくいきなり屋敷に侵入したのはお父様も同じですよねとは決して言うまい。竜舎から直接連れてきたのはギルと兄さまなのだし、カルロス王子だって何も言わなかったのだから。

ぐぬぬという顔をした人を初めて見た私は、思わずぽかんと口を開けてしまうところだった。お父様より一〇歳ほど年上だろうか。黒い髪に茶色の瞳、鼻の下に髭を蓄えた、何ともいかつい感じの人だが、着ている服は上質なものだし、なによりお父様をオールバンス呼ばわり。

「ケアリーをようする、キングダムなんせい、ウェスターとのこっきょうぎわをおさめる、ブラックリーはくしゃくだな」

ニコが小さな声で誰かを教えてくれた。教えてくれなくても、私だってもう少しで名前を思い出せそうだったから、ちょっと悔しかったが、ここは素直に頷いておく。

ニコの声は隣の私にだけでなく、ホールにいる全員に聞こえたが、それはとても良い効果をもたらした。カークにとっても心の準備ができただけでなく、なにより当のブラックリー伯爵の怒りをおさめる役割を果たしたからだ。

「ニコラス殿下。覚えていてくださいましたか」

「ああ。しろにあいさつにきてくれたな」

鷹揚《おうよう》に頷くニコの姿にブラックリー伯爵の表情も和らいだ。そして気持ちも落ち着いたのか、アルバート殿下に挨拶をした後、誰かを探すようなそぶりをし、やっとカークに目を留めた。

「確かカークといったか。シルベスターはどうした」

「父はただいま顔を見せることはできません。息子である私が当主代理をしております。当家へのご用向きは私がうかがいます」

カークは、穏やかな彼を知っている者にとってはずいぶんきついと感じられる口調でブラックリー伯爵に返事をした。

「そうか。まずはいきなり大声を上げて失礼した」

ブラックリーはこほんと咳ばらいをすると、きちんと謝罪した。

「本来ならわが屋敷に滞在するべき者たちを回収したら、すぐに屋敷を去るので、しばし滞在を許可願いたい」

「かまいません」

許可を出す以外にカークに何ができただろう。

一見表情が変わらないが迷惑そうなお父様にブラックリーが詰め寄ろうとしたその時、また玄関に慌ただしい気配がした。

さすがにうんざりした気持ちを隠せないカークだったが、状況に慣れてきたのか、今度は使用人がスムーズに玄関を開けると、思いがけない人の出現に、今度は私たち全員が息を呑んだ。

「ギルバート殿下！」

思わず叫んだのはカルロス王子だ。

私も驚いた。なぜウェスターの領都にいるはずのギルバート王子がここにいるのか。

もちろん、ウェスターの王様はちゃんといて、ギルバート第一王子とヒューバート第二王子はその補佐の仕事をしているのだから、必要があれば遠出することもあるだろう。

でも、遠出をするのはヒューの役割で、ギルバート王子は家族持ちでもあるから、領都でのみ采配を振るっているものだと思っていたから、ケアリーで顔を合わせることになるとはみじんも思わなかったのだ。

そしてカルロス王子の驚いた声で、キングダム側は誰が来たのかわかって助かったようだ。

「第一王子を寄越してくれたか。ありがたい」

アル殿下もほっとした様子である。ヒューはキングダムに来たことがあるが、ギルバート王子はウェスターにとどまっていたので、これが二人は初対面なのだ。

もっとも、アル殿下がありがたいと思うくらい大きな作戦があるのかと思うと、さっきまでののんびりした空気と違いすぎて戸惑いが先に立つ私である。

知らせを受けたのか、もともとの予定だったのか、そこに普段より一層陰気な顔をしたヒューが戻ってきてこれまたひと騒ぎあり、町長の屋敷は本人蟄居《ちっきょ》にもかかわらず、大賑わいであった。

どうやら集合すべき人はすべて揃ったようで、私たち子ども組がぽかんとしている間に、作戦会議とやらが開かれることになったようだ。

まだお父様との再会をじっくり味わえていないのに、気ぜわしいことである。私は不満で、ちょっとばかり頬が膨れてしまっていたかもしれない。

「思いがけずおじ上とあうことができた。きょうはよい日だな」

だからこそこのニコの言葉には脱帽である。

「リア、いまとてもはんせいした。じぶんかってだったとおもう」

「どういうことだ」

ニコが不思議そうだ。

「ずっとおとうさまといっしょにいたかったから、いそがしそうでつまらなかったの」

「それはしかたがなかろう。わたしもきたのがはは上ならリアとおなじようにおもっただろうが、おじ上だからな」

その言い方はアル殿下には少々気の毒なような気もするが、そもそも普段もそんなに会えないから、顔を見られただけで嬉しいのだとニコは笑った。本当にいい子である。しかも、こんな提案をしてくれた。

「それに、ずっといっしょにいてもいいのではないか」

「いいの？」

大人組だけで話し合っているから、てっきり子どもは来るなということだと思っていた。まして兄さまとギルならともかく、私とニコは静かにできるとはいえ邪魔なだけである。

「くるなともいわれていないだろう？」

「ほんとだ」

ニヤリと笑うニコを、私は感心して見つめた。

キングダムの王都から出発してからは兄さまとギルが、そして領都からはヒューが私たちの面倒を見てくれていたわけだが、三人共、私とニコが幼児だからといって決してないがしろにすることはなかった。何をするにもちゃんと意思を確認されたし、幼児だからやってはいけないこともきちんと説明された。

だが、この状況で指揮を執っているのは、お父様とアルバート殿下である。やるべきことが国家レベルであり、大きすぎるため、いちいち幼児に意思を確認したりはしない。というか、存在を忘れられている気配さえある。

「つまり、リアたちは、じゆう？」

「そうだな。どこにいろともいわれていないぞ」

私の脳裏には、お父様の膝に抱えられて会議に参加する自分の姿が浮かんだが、慌てて首を横に振ってその姿を消した。私は楽しくても、お父様の威厳がなくなるではないか。

「はなしあいにはしょくどうをつかうといっていたぞ」

「しょくどう……。あ」

シルベスター・ケアリーはウェスター中央部の拠点となる大きな町の町長である。つまり、屋敷も中のホールも食堂もやたら広い。最初に屋敷の隅々まで見学したのでよく知っている。

そして広い食堂には長いテーブルの他に小さいテーブルがあるが、いつもパリッとした白いテーブルクロスがかかっているのだ。もちろん、クレスト産のレースが縁についているやつだ。

「テーブルのしたなら、いてもじゃまにならないかも」

我ながらうまいことを言ったと思う。本当の意味は、最初からテーブルの下に隠れていればバレずに一緒にいられるよねということだ。

「おじ上のみあいのときも、同じようなことをしたな」

ずいぶん前のことなのに、よく覚えていてすごいと思う。

ちなみに、この会話はカークの執務室でしている。ここから猫用のドアを使って抜け出したことが今回の騒動のきっかけだったわけだが、猫用のドアは封鎖されてしまったので、私たちがいてももう心配ない。客室では遊ぶのに狭いからということで、私たちにも開放してくれているのである。だが、ドアは開け放してあり、使用人が慌ただしく行き来するのがよく見える。

そこにふらっと兄さまがやってきた。

「にいさま！」

「リア」

兄さまはニコッと笑って、絵本を抱えている私たちの向かいにすとんと腰を下ろした。そうすると三人で床に丸を描いているみたいになる。兄さまが側にいるのはいついかなる時でも、いや叱られる時以外はいつでも嬉しいが、皆が忙しそうにしている時に、こんなにのんきにしていていいのか気になってしまう。

「にいさまは、さくせんかいぎ、でないの？」

「もちろん、出ますよ」

ではなぜここにいるのかという目で見上げると、兄さまはまたニコッと笑って、でも少しつまらないとでもいうかのように膝を抱えた。

「ですが、会議とはいっても、どうせ決まったことの報告ですから。王都が決定して、既にウェスターにもファーランドにも通達ずみ。私たちは決定されたことをどう実行するのか聞き、それに従って行動するだけです」

その先は言わなかったが、それなら私が参加する意味があるでしょうかと続くような気がした。

「お父様が国境を越えてまで来てくれたのは私たちを守るためです。それがとてもとても嬉しいのと同時に、私たちだけの旅が、もう私たちだけのものじゃなくなった気がして、なんとなく、こう」

兄さまは言いよどんだ。

「つまらない？」

「うん。そうですね、つまらなくて、ちょっと拗《す》ねてたんですね、私は。ギルを放り出してきてしまいました」

兄さまはそんな自分が情けないという表情である。

「この旅では、なにをどうするのか、友と相談しながらすべて自分たちで決めてきましたからね。いきなり他の人の指示に従えと言われても、素直に頷く気にはなりません。ですが、サイラスを捕まえることは、そんな私の気持ちとは比べ物にならないほど大切です」

私はそれに乗っかってとても楽しく過ごさせてもらったので、まったく不満はない。それどころか、自分で決めなくて済んでよかったと思っているくらいなのに、兄さまはすごいと思う。

「ニコ殿下やリアは参加さえできないというのに、自分だけわがままを言ってしまいました」

どうやら兄さまはここに、少しだけ愚痴を言いに来たらしい。

しかし、ニコは兄さまに、何を言っているのだという顔を向けた。

「われらもさんかするが？」

兄さまはぽかんとしている。

「いえ、しかし、参加するように言われてはいないですよね？」

「するなともいわれてはいないぞ」

「その言い方、まるでリアのようですね」

なんとなく失礼なことを言われているような気がする。

「なに、テーブルクロスの下にでもかくれていようかとそうだんしていたところだったのだ」

「やっぱりこっそり忍び込む気だったんじゃないですか」

今度は、はっきりとあきれのにじむ兄様に、私はニコの代わりにてへっと笑ってみせた。

「ですが、人の出入りが多すぎて、現実的には忍び込むのは難しいですよ」

駄目だとは言わず、実現できるかどうか考えてしまっていることそのものが、私とニコに毒されてしまっているということに兄さまは気がついているだろうか。

「リア、せっかくおとうさまがいるのに、そばにいられないのがつまらないだけなの」

特に会議に参加したいわけではないということを強調しておく。

「そうですよね。バタバタしてすぐにいなくなってしまいましたからね、お父様は」

「うん」

私はしょんぼりと頷いた。せめて会議の様子を見て、お父様すごい、ってしたいだけなのだ。そう、つまり職場見学のようなものである。

「よし」

兄さまは何か決心した顔で立ち上がった。

「私が言えば、ニコ殿下とリアの席も用意してくれるでしょうが、それではつまらないですからね。私が二人の手引きをしましょう」

「てびき？」

まるで犯罪者のような言葉の響きに、ドキドキがとまらない。

「まずは現場の下見をしなくては」

立ち上がった兄さまはすっかり元気になっている。

「さあ、一緒に行きましょう」

「こっそり行かなくていいのか？」

真面目な王子にこっそりという概念を植えつけたのは私に違いない。王子らしくないニコの質問に私はちょっとだけ反省した。

「どうせ誰も私たちを気に留めてはいませんよ」

屋敷は今、予想もしなかった客の対応におおわらわで、子どもにかまっている暇などないはずだと兄さまは言う。

「じゃあ、いく」

私はふんと鼻息を吐き、気合を入れた。

「気合はいりませんよ。普通に、いつも通りいきましょう」

そうしてカークの執務室から出ると、ホールにはお父様やアルバート王子やギルバート王子がいて、立ったまま話をしている。

下手な式典より身分の高い人たちがうじゃうじゃいて、王子様の価値が下落しそうな勢いである。

その横で真面目な顔で話を聞いていたギルがこちらに気づき、こちらに寄ってきた。

「リア、ニコ殿下、放っておいてごめんな」

子どもにも気遣いができるギルはみんなのお兄さん的存在と言っていい。

「だいじょうぶよ」

「なに、きにするな」

そして私たちも気遣いのできる子どもなのである。

「ギル。少し相談したいことがあるので、ちょっと抜けられますか」

「ああ。どうせ俺も、ただそこにいてもっともらしく頷いているだけしかしてないからな」

ちょっと苦い顔のギルを見れば、さっきの兄さまと同じように、急に自分が役に立たない者になったかのような思いがあるのだろうと感じる。

「客室に戻るか？」

「いえ、歩きながら話しましょう。まず厨房へ」

兄さまはさも用事があるかのような空気を醸し出しながらギルと並んで歩き始めた。

「これから私は、ニコ殿下とリアと一緒に食堂のテーブルの下に隠れる予定です」

私は慌てて左右の様子をうかがった。そんなことを誰かに聞かれでもしたら困るからだ。だが、誰もが忙しく、私たちの言うことなど気にもしていなかった。

「ルークもかくれるのか？」

兄さまとギルの後ろにくっついて私と並んで歩いていたニコがキラキラした目で見上げている。

「ええ。どうせ黙って参加しているだけなら、殿下とリアのかわいい顔を眺めているほうがましですから」

「にいさま、おとうさまみたい」

私の言葉に兄さまは微妙な表情だが、ギルは思わず噴き出していた。

「プハッ。確かにディーンおじさまならそう言いそうだよ。というか本当はそうしたいと思っているんだろうな」

しかし状況が許さないといったところだろうか。

「ですから、ギルには私がいないということをうまくごまかすことと、それから会議の前に私たちが隠れる手伝いをしてほしいのです」

「いいぜ。俺も隠れるほうがよかったが、仕方がない」

ギルは楽しそうに協力を申し出てくれた。

そのまま厨房に顔を出すと、兄さまは退屈な子どもたちのためにおやつと飲み物を分けてくれないかと頼み込んだ。

「もちろんでさあ！　正直なところ、突然やってきてあれこれ注文を出すお偉いさんより、いっつもニコニコご飯を食べてくれる坊ちゃん嬢ちゃんたちに作ってこそやりがいがあるってもんですよ」

厨房の気のいい料理人は胸をばんと叩いた。とはいえ、私たちのために何かを新しく作っている時間などない。

大人のために用意してあったものを少しずつ、大きなバスケットに詰めてくれた。

なぜこんなに良くしてくれるのかというと、厨房の皆さんは私とニコの友だちだからである。退屈のあまりしょっちゅうお邪魔しておやつをねだっていたら、いつの間にか仲良くなっていたというわけなのだ。

兄さまもそれを知っているから、こんな忙しい時でも無茶なお願いができるのだろう。

軽食でパンパンのバスケットはギルが持ってくれるから私たちは手ぶらでいい。

そうして誰にも興味をもたれずに、私たちは会議の場となる食堂へ移動することができた。だが会議はお茶の時間にやる予定のため、軽食や菓子類が食堂の一角に用意されている。

「いちおう秘密の会議だから、飲食物を用意したら、あとはアルバート殿下の連れてきた侍従がお茶や何かは用意するらしいぞ。だからほら」

ギルが顎で指し示したのは、その軽食の置いてあるテーブルだ。

「あそこなら、テーブルクロスが足元までかかっているから、隠れられるだろ」

「いい感じですね」

そうしてまるで軽食をバスケットで運んできたみたいな顔をして、人の出入りが途切れたところで素早くテーブルの下に潜り込んだ私たちである。

「あー、会議が始まるまではもうすこし時間がかかるなー」

というギルの声が遠ざかっていくと、私たちは顔を見合わせてクスクスと笑い、それから口を閉じた。

ニコがさっそくバスケットを開けているが、なんということか。

くいしんぼうの私だが、テーブルクロスに覆われた空間は薄暗くもあり温かくもあって、食べ物に手が伸びる前についうとうとしてしまいそうになる。

「そうか、リアはおひるねのじかんだったな」

ニコがもっともらしく頷いた。

「ねむくないもん」

この言葉が口から出た時は眠さの限界が来ているということは自分でもわかっている。だがなぜかこう言わずにはいられないのだ。

「リア、寝なくてもいいから、ほんの少し横になってはどうですか？」

「リアの分はちゃんととっておくから」

兄さまとニコの優しさに素直に甘えることにした私が、次に気がついたのは眩しさからだ。

「まぶしい、む」

しーっという兄さまの小さな声に、私は素直に口を閉じて眩しさをこらえて目を開けた。

「ぐっ」

カエルのつぶれたような声とはこういうことを言うのだろう。そして寝起きで目に入ってきたのは、しゃがみこんであきれたような表情を浮かべている無精ひげの男であった。

「なにをなさってるんですか、リア様とニコ殿下はともかく、ルーク様まで」

警備の最終点検があることを考えておくべきだったと私は後悔した。だが、テーブルクロスの下をチェックしに来たのは私の護衛のハンスである。

「見逃しておくれ」

いたずらっぽい顔をしてねだる兄さまという、貴重なものを見たせいか、ハンスはゴホンと咳払いして立ち上がった。

「危険なものはなかった、と。危険なものは」

愉快なものはあったがなという小さな声と共に、テーブルクロスの布は元に戻された。

「そんなところまでチェックする必要はないだろう。俺たちに対する嫌味か？」

そんな声が聞こえてきたが、国境警備隊の人だと思われた。今はオールバンスに勤めているとはいえ、元は護衛隊のどこかの部隊の隊長まで務めたハンスに、よくそんな口がきけると思う。

「俺はあんたたちと違って、常に誘拐の危険のあるリーリア様の護衛だからな。壁際にのんきに立っていればいいだけの仕事は楽だよなあ？」

「なんだと？」

「おっと、警戒すべきは俺じゃないだろ」

珍しくハンスが煽《あお》っていてハラハラするが、おかげで部屋には既に護衛がいて壁際で警備をしているということがわかった。

寝起きだというのに既にいろいろな情報が入ってきて目まぐるしいことだ。

「リアも思ったより早く起きましたね。人が増えて賑やかになってきたせいかもしれませんね」

「あーい」

私はくわっと大きなあくびをしたあと兄さまに返事をすると、すんすんと鼻からおいしそうな匂いを吸いこんだ。

「ちゃんとのこしておいたぞ」

ニコがまずカップに入れた飲み物を出してくれる。

おしゃれなカップに入っているが、幼児だから中身は水である。厨房の人もちゃんと体のことを考えてくれるからありがたい。早くお茶がおいしいと思える年になりたいものだ。

準備でガヤガヤしている間に、私たちは軽食を食べ、残ったものを静かにバスケットに片づけた。

おやつが目の前にあるのはいいのだが、いかんせんテーブルの下は狭い。飽きっぽくてじっとしていられない幼児には少しは動ける空間が必要なのだ。その空間に私とニコは遠慮せずに寝転び、それを見て兄さまは笑いをこらえている。

その間に部屋は一度静まり返り、やがて力強く床を踏む足音、そして静かに椅子を引きドスリと座り込む音が次々と聞こえてくる。一番軽快な足音がきっとギルのものか、あるいはジャスパーのものかと想像するとわくわくする。

「なるほど、見えないと音に敏感になりますね」

兄さまがテーブルクロスを透かし見るようにして音を追い、耳を澄ませているが楽しそうだ。

私とニコは、寝転がっているのでテーブルクロスの下からたまに歩いてくる人の足が見えていて、それがとても面白い。

「急な連絡にもかかわらず、ここで顔を合わせられたことをありがたく思う。特にウェスターのギルバート殿、ヒューバート殿、我が国の問題ゆえ協力を得られずともやむなしと思っていたが、自らその身を運んでいただいたこと、心より感謝する。カルロス殿下の存在も心強い」

会合はアルバート殿下が仕切るようだ。

「簡単に経緯を説明すると、我が国の王城を襲ったイースターの第三王子のサイラスが、ここケアリーで目撃された」

「そもそもそこです。話によると、はっきりと顔を見たのはオールバンスの幼子、リーリア殿だけとか。幼児のあやふやな証言だけでこれほどの大がかりな作戦を動かすのは正気の沙汰ではありませんぞ」

私はふむふむと頷いた。これはブラックリー伯爵の声だ。

「その件に関しては」

おっとここでヒューが割り込んだ。というか、みんなけっこう自由に発言しているなあと驚いた。

アルバート殿下の発言に割り込むとか、普通はできないのではと思う。

「サイラスがケアリーの下屋敷に頻繁に出入りしていたことから容易に裏付けが取れた。怪我の痕があるからとフードを外さなかったようだが、そうなれば人は余計に中身が気になるもの。複数の目撃情報から、容姿と言動はサイラスと一致した」

「なんと。それはまことですか……。ではリーリア殿の目は確かだったと？」

私だって、いたいけな三歳児の言うことなど信じられないだろうと思うので、ブラックリーが信じられなくても別になんとも思わない。

「調べによると、サイラスはケアリーだけでなく、あちこちの商人と取引があった。ブラックリー領の商人の名前も挙がっているとだけお伝えしておこう」

「それは……」

今、ブラックリーは、焦った様子でアルバート殿下の顔をうかがっているのだろうと予想する私である。

「だが今はそのことについて話す場ではない。アルバート殿、どうぞ続きを」

さすがヒューだ。切れ味が鋭い。

「サイラスはすぐにキングダム側のケアリーを通り抜けて北上し、東に向かったところまではわかっている。その後の行方は調査中だ」

「東。というとイースターか。イースターならもともと住んでいたところ。隠れるところもよく知っているだろう」

ブラックリーのほっとしたような声が聞こえるが、自分の領地、そしてキングダム内にいなければ関係ないという、他人ごとのような安心感が伝わってきて苦笑しそうになる。

「逆に言うと、サイラスの容姿はイースターではよく知られているうえ、戦犯だ。民は、匿《かくま》えば罪に問われることは重々承知だろう」

お父様が重々しく口を開いた。

「つまり、イースターにはいないと想定している」

これにはブラックリーも何も言えなかったようで、口を閉じたままだ。

「考えられる可能性は三つ。密かにウェスターに戻っているか、ファーランドに抜けたか、そのままキングダム内で雲隠れしているか」

イースターが候補から外れたのは意外だったが、イースターの王族はサイラスにすべて罪を押しつけたようだから、民からも恨まれているのかもしれない。

「いずれにせよ」

お父様の言葉をアルバート殿下が引き取った。

「今度こそ、サイラスを逃がすつもりはない。ウェスター、ファーランドの協力も得て、必ずあぶり出し、裁きを受けさせる」

決意のこもった低い声は、私の知っているアル殿下のものではなく、私の背筋に冷たいものが走るくらい硬質だった。

「ヒューバート殿の調べによると、こたび領都の結界の式典において、ラグ竜を放ったのもサイラスの一味であろうということが判明した」

「そんな……」

絶望したような声はカークのものだ。参加しているとは知らなかったが、思わず上げてしまったのだと思う。私はニコと目を合わせ、それから兄さまのほうを振り返った。

しずかに、そして悲しそうに頷く兄さまに、私はカークの父親、つまりケアリーの町長の有罪を知った。

そうかもしれないとは思っていた。だが、友だちになったカークのために、優しかった奥さんのイルメリダのために、そうでないといいとなと願っていたのだ。

「この事実はウェスターが、サイラスの包囲網に参加を表明した後に判明したことだ。それゆえ結論とはなるが、やはりあの者を放置しておいてはロクなことにならぬ」

アルバート殿下はきっぱりと言い切った。

「オールバンスは三つの可能性を上げたが、国土の広さ、隠れやすさなど、様々なことを考慮した結果、おそらくサイラスはキングダム内にひそんでいるだろうと予想する」

「確かに、キングダムであれば夜の心配はありませんからな」

アルバート殿下は頷いたのだろう。

「サイラスはおそらく結界箱を持っているだろうが、サイラス本人には魔力がほとんどなく、魔石を充填する手段がない。人気のあるところに泊まる危険を避けようと思うならば、キングダムの中にいるのが一番効率がよい。そこでだ」

いよいよどうするかが発表されようとしている。私は固唾《かたず》を呑んだ。

「リア」

耳元でこそっと聞こえたのは、ニコの声だ。

「てあらいに行きたい」

「てあらい？」

あまりに日常的な言葉に、頭が理解を拒否した。が、すぐに現実を受け入れた私である。

「そういえばリアもいきたい」

頭の後ろで兄さまの笑いを含んだため息が聞こえる。

その時聞こえてきたのが、ウェスターのギルバート王子の声だ。

「ウェスター側については、私が直接指揮を執る。諸事情により、ウェスター中部のこの町ケアリーは、しばらく私が預かることになった。ケアリーを中心に、住民の出入りを厳しく管理する予定だ」

「お願いする」

アル殿下のその声にかぶせるように、がたりと椅子の音がした。誰かが立ち上がったようだ。

「それならば、私も急ぎファーランドへ戻ります。キングダムとウェスターが本気でやるつもりなら、ファーランド方面は第一王子たる私がやらねば！」

後ろで兄さまが息を吞んだ。私も正直驚いた。あの怠け癖のあるカルロス王子が、遠回りして帰りたいと言っていたカルロス王子が、仕事をするために帰国するなどと言い出すとは。

驚いてお手洗いに行きたい気持ちを忘れるところだった。

「大変ありがたいお申し出です。カルロス殿下」

お父様の平坦な声が聞こえる。

「ですが、既にファーランドは、国境の監視の手はずを整えてくれています。殿下が今からファーランドに戻ったとしても、志気は上がるでしょうが、間に合いません」

言外に、お前はいらないと言われているのは、さすがにきついものがあるだろうと思う。もしかしたら、遠回りせずに帰ればよかったと後悔しているかもしれない。

「カルロス殿下が遠回りを提案してくれたことで、結果としてサイラスを発見できたことになります。いわば作戦の最初の一手を打ったのが殿下です。こたびは無理をなさらぬよう願います」

警戒態勢のキングダムに、護衛をつけるなどという面倒をかけさせるなという意味だ。

がたりと椅子に腰かける音がした。

「では私はいったい何をしたらいいのだ」

誰かに問いかけたのではなく、思わず口からこぼれ出てしまったのだろう。さすがに三つの国が動くこの状況で、自分は観光のために遠回りしたいとは思えなくなったのかもしれない。

「後で話すつもりでしたが、カルロス殿下には、ヒューバート殿下と共に、予定通りの進路を取っていただきたい」

「「それは！」」

カルロス王子とヒューの言葉が重なった。

「この状況で、兄上一人に任せて、自分だけ見聞を広めるために旅に出るなど、ありえません！」

「私もです。さすがに道楽に興じている状況ではないことくらい自覚しています」

二人とも、とてもかっこいいと思う。

「リア」

「うん」

しかし私たちも既に限界が近い。

王子二人に、少し態度が柔らかくなったお父様が言い聞かせている声がする。

「今、キングダム内では緊張が高まっている。通過するにも警戒が必要です。一番安全なのは、サイラスたちにとっては逃げる場所がないウェスター西部だと判断しました」

ウェスター西部。

トレントフォースのある一帯は、ウェリントン山脈と海に挟まれた狭い土地で、南は私の襲われた狭い海岸線、北はファーランドへ続く細い道があるだけで、確かに南北を挟まれれば逃げようがない土地だ。そんな危険な場所にサイラスが逃げる可能性は低いということか。

「なぜそうなのか理由はわからないが、サイラスはわが娘に執着があるように思われる。こたびのケアリーのたくらみも、真偽はまだはっきりせぬが、そもそもはサイラスにそそのかされたものだという」

お父様の言葉には驚いた。先のキングダム襲撃事件においては、サイラスは、私に執着してことを起こしたのではない。どちらかというと、イースターの王家に恨みがあり、イースターの王家を滅ぼしたかったのではないかと感じている。

だからこそ、イースターの現王家が退位させられた以上、サイラスには私たちを害する意味がないような気がするのだ。

なぜ、わざわざケアリーをそそのかしたのだろうか。私が頭の中で考えている間にも、お父様の話は続いていた。

「サイラスが、もう捕まるよりほかにないという状況になった時に、娘を巻き込みかねないという不安がぬぐえない。お二人の王子殿下にお願いするのは誠に申し訳ないとは思うが、騒ぎが収まり、迎えが来るまで、ウェスターの西部にとどまり、リアとニコラス殿下を守っていてもらえないだろうか。できれば本人たちには、予定通りと思わせてほしい」

お父様が立ち上がり、おそらく頭を下げている気配がする。

「オールバンス侯、頭を上げてください」

ほら、やっぱり。

そしてヒューは困ったように続けた。

「しかし、リアやニコラス殿下にどう説明すればいいのでしょう。あの賢い子どもたちが、国が大変な時に、予定通りの私たちについて西部に行ってよいと言われて納得するかどうか。ルークにも話してみないと」

私はヒューに賢いと言われて、思わずニヤニヤしてしまった。決して私の前では直接褒めたりしない人だが、心の中では賢いと思っていてくれたのだ。それに、兄さまをちゃんと尊重しているところも高評価である。

だが、そろそろ本当に限界である。私がニコと一緒に立ち上がると、兄さまが急いでテーブルクロスを持ち上げてくれた。間に合わなくなると困る。

「せつめいのひつようはない」

ニコの言葉に、ざざっと音がするかという勢いで皆がこちらに振り返った。

「じじょうはりかいした。それではしつれいする」

できるだけ急いでドアに向かう。

私たちの必死な顔に、ハンスは事情を察し、急いでドアを開けて、外を確認してくれた。

「いいですぜ」

「ありがと」

お父様の慌てた声が私を呼ぶ。

「リア！」

「おとうさま」

振り向いた私の顔はけっこう切羽詰まっていたと思う。今はお父様にかまっている余裕はないのだ。

「おてあらいよ」

「あ、ああ」

レディにお手洗いなどと言わせてはいけないのに。

その後の話し合いの内容まではわからないが、トイレには無事間に合ったとだけ言っておこう。

三度目の出会い（ギル視点）

バタンとドアが閉まると、なんとも言えない空気が部屋に漂った。緊張した話し合いの最中、幼児のトイレで中断されたのだから無理もない。俺は発言する立場ではないので、口を閉じたまま黙って皆の話を聞いている。

「な、なぜ皆、平然としているのだ」

驚きのあまり、自分の他はほぼ王族だということを忘れた発言をしているのはブラックリー伯爵だった。もっとも、先ほどからずっとそうだ。

「お前。確かリーリア殿の護衛ではないか。なぜこの場に幼児を連れ込んだ」

混乱のあまり、子どもたちを外に出したハンスに当たり散らしている。

「私はリア様の護衛ではありますが、ただいまは人手不足により、この会議の警備に当たっており、リア様の護衛を離れざるを得ませんでした。離れていた以上、リア様の行動に責任は持てません」

しれっと答えたハンスが、テーブルクロスの下を覗いてリアがいるのを確認していたのを俺は知っている。ちなみに、リアではなくニコ殿下がいたほうが大きな問題だと思うのだが、あまりに堂々としていたため誰を責めていいのかわからなかったのだろう。

「よっこらしょ」

少年らしからぬ掛け声が聞こえて来たかと思えば、いつの間にかルークがバスケットを手にテーブルの下から出てきていた。

「ル、ルーク殿。いつの間に。それにその手にあるのは……」

「これは軽食です。私たちはたまたまここでピクニックをしていたのです」

驚いたことがそのまま口に出るのは領主としてどうなのかと思うが、この場にいる皆の言葉を代弁してくれているとも言えるので、都合がいいといえば都合がいい。それにしても、ピクニックをしていたなどと苦しい言い訳である。

「ルークの席はここだ」

俺は自分の隣の席を指し示した。少し遅れてくるからと、ルークの席は当然確保してある。

「助かります」

ルークはバスケットを自分が隠れていたテーブルの上に置くと、何事もなかったかのように平然と席に着いた。

「ルーク、さすがにおふざけが過ぎる」

真剣な話し合いをしていたからか、ディーンおじさまの顔が珍しく険しい。ルークにもリアにもそういう顔を見せたことはほとんどないはずだ。

「そうでしょうか」

隣を見るとルークはにこやかに笑みを浮かべているが、その返事は穏やかなものではなかった。

「私もこの会議に参加する予定ではありましたが、そもそも私もギルも話を聞くだけの参加であり、発言は許されてはおりません。不服なことがあっても、それを言えるわけでもない。であれば、この部屋のどこで話を聞いていようと問題はないはずです」

「ルーク！」

ディーンおじさまは叱責するように名前を呼んだが、ルークはひるまなかった。

「ついでにせっかく父親に会えたのに側にいられなくて寂しい、せめて気配を感じられるところにいたいという、妹の望みをかなえただけです。ニコラス殿下についても同じです。どうせ意見も聞かれず西部に追いやられるなら、どこでその話を聞いていようと問題はないはずです。さあ」

ルークは恭《うやうや》しく両手を広げてみせた。

「口は挟みませんので、どうぞ会議を続けてください」

「なんと生意気な……」

確かに、行動だけ見れば、ルークのしたことは、テーブルの下に幼児と一緒に隠れていたうえ、突然出てきて偉そうな態度を取っている子どもだ。ブラックリーに生意気と言われても仕方がないだろう。

しかし俺は笑い出しそうなのをこらえるのに必死だった。ルークではないが、俺たちが西部に追いやられるという話はやはり唐突ですぐに納得できるものではなかったし、そんな中でリアやルークの登場であたふたしている大人たちを見るのは愉快だったからだ。

しかも、あの品行方正なルークが生意気だと言われる瞬間に立ち会えたとは。

「痛っ」

しかもそれを察して肘打ちまでされる始末だ。

しかし、そんな態度はアルバート殿下にしっかりとたしなめられた。

「ルーク」

「はい」

殿下にはさすがにおとなしく返事をしている。

「発言は許されていなくても、この場に招かれただけでも、お前が尊重されているということがわからぬ年でもあるまい」

さすが我が国の第二王子である。ディーンおじさまは、やはりルークにはこれほど厳しく物は言えない。ルークもシュンとして返事を返した。

「はい」

「甘ったれた態度しか取れないのであれば、ニコラスにとってもリーリアにとっても、保護者失格とみなされるが、それでもいいのか」

「いいえ」

ルークは素直に返事をすると立ち上がり、

「会議の邪魔をして申し訳ありませんでした」

と謝罪した。不貞腐《ふてくさ》れたような感じはもうない。

それからの会議は、少し退屈だった。いつ、どのように実行するかの具体的な話し合いになったからだ。

俺は拗ねたルークとは逆に、だんだんとワクワクしていく気持ちが止められなかった。

ルークは西部に追いやられると言ったし、カルロス殿下は自分もファーランドの第一王子として、国に戻って責任を果たしたいと言い、ヒューも第二王子としてギルバート殿下の補佐をしたいという。

だが、俺は違うようだ。

どうやらリスバーンは今回ファーランド方面を担当しているようで、お父様はファーランドに行っているらしいが、その手伝いに行きたいなどとはみじんも思わない。

よく考えたら、行きたくても無理だろうと思いあきらめていた、ウェスターの西部に行けるのだ。リアの過ごしたというトレントフォースの町をこの目で見ることができる。これほど幸運なことがあるだろうか。

サイラスのことが気にならないとは言えないが、国を挙げての作戦なら、大人に任せていい。

西部に追いやられる子どもなら、子どもなりに旅を楽しもうではないか。

さて、落ち着いてはいるが悔しそうなルークを、この旅の楽しさにどう巻き込もうか。

一人くらいお気楽な人間がいてもいいはずだと、この先に思いをはせた。

第一章

西へ西へと

その後、どのような話があったのかわからない。だが、ケアリーの屋敷は大きく動いた。

まず町長のシルベスターは、次の日竜車に乗せられて厳重に護送されていった。罪状が確定したわけではないため、犯罪者とわかるようなやり方ではない。行き先は領都だ。そこで余罪も追及するのだという。

「ケアリーが清廉でなかったのはわかってはいたが、それでもこの大きい町を一つ動かしていた男だ。ささいな罪は見逃されてきた。だが、王族の命を狙ったこたびの事件は見逃しようがない。いくら本人がただ脅かそうとしただけだと主張してもだ」

ヒューの言葉は苦かったが、実際ラグ竜の群れが放たれたあの時、バートたちが来てくれなかったら、私たちは大怪我をしたどころか、命を失いかねなかったのだ。

結界の発動を少しの間邪魔するだけのつもりだったという理由も、それはつまり領都の民の命を危険にさらしたということで、いずれにしろ許されるものではない。

「こういう時ばかりは、ヒューの手伝いをしてこなきゃよかったかなって思うぜ、俺は」

しばらく忙しくしていて見かけなかったバートたちもひと仕事終えて戻ってきている。

「サイラスの目撃情報を追っているうちに、町長のいろいろも芋づる式に出てきてしまってな。人の罪を暴き出すのは気持ちのいいもんじゃねえ。虚族を狩っているほうがうんと楽だ」

「そう言うな」

ヒューはバートの肩を抱えるようにポンと叩いた。

「私だって、夜の草原を自由に駆けるハンターをつなぎ止めておくことに罪悪感がないわけではない。

だが、お前たちが私の側近になってくれてから、本当にいろいろなことが楽になったのだ。まだ手放してやることはできない」

「そうまで言われたらなあ」

バートがまんざらでもなさそうだが、それは残りの皆も同じなのだろう。ミルにキャロ、そしてクライド。

誰に頼まれなくてもアリスターを守り、私をも守ってくれた人のいいこの四人は、アリスターが自分で納得した人生の方向性が決まった後は、今度はヒューを守ることにしたようだ。

トレントフォースまで私を迎えに来た時、ヒューはそれはたくさんの部下を連れていたし、いろいろな人に指示を出し、常に人に囲まれているように思えた。

だが、四侯の仕事が人と分かち合えるものではないのと同じに、王族の仕事は人と分かち合えるものではない。いくら周りに人がいようと、ヒューは孤独だったし、それで仕方がないと思っているようだった。だからこそ、家族である兄や父のために尽くすことをいとわない。それは少し痛々しくもあった。

そんなヒューを放っておけなかったんだろうなあと、私は温かい目でバートとじゃれるヒューを見守る。そんな私に目をやると、ヒューはむっとした顔をして近づいてきた。

「お前のその目はなんだ」

「べつに。なかがいいなっておもっただけ」

「嘘だ」

嘘ではないから、頬をつまむのをやめてほしい。

「なにをしゅるー」

「むっ。少し成長しても、もちもちだな」

「ヒュー。やめるのだ。レディにすることではない」

ニコが止めてくれなかったらいつまでももちもちされていたに違いない。

そして、主を失った屋敷はアルバート王子に一時的に接収された。しばらくの間、ここで国境の警備をしつつ、ケアリーを中心にしてこのあたり一帯の管理をするのだという。

今回はケアリーの町長だけが捕まったが、甘い汁を吸っていたのが町長だけなわけがない。これからケアリーの町やその周辺の町の権力者には、粛正の嵐が吹くかもしれない。

屋敷には、町長の奥さんであるイルメリダとカークはそのまま残る。この二人は、町長の闇の部分は本当に知らなかったようだ。いずれ代わりの町長が決まるまで、この二人は町長の屋敷を今まで通りに回すことになる。

父親の乗った竜車を、悲痛な顔で見送ったカークにかける言葉はない。

振り向いたカークは、物陰に隠れるようにしてカークを見ていた私を見ると、ふっと寂しそうに微笑んだ。

「リア様、こちらへ」

おずおずと側に歩み寄る私の前に、カークはしゃがみこんだ。

「あし、むりしないで」

「大丈夫だよ。こっちをこう伸ばせばね。あれ」

カークはよろけて尻餅をついてしまった。

「リア、せなかおすから、がんばって」

後ろに回ろうとしたが、カークに止められた。

「いいんだ、リア様。このままちょっと座っているよ」

私も、おずおずとカークの横に座った。

「リア様。自分のせいでこうなったと思っているかもしれないけど、それは違うよ。父さんは、ずっと悪いことをしていたんだ。見つからなかったら、悪いことをし続けたにちがいない、これからもずっとね。見つからなかったらいいということではないんだよ」

それはわかっていても、友だちの悲しい姿を見るのはつらい。

「俺はね、父さんのやっていることに全然気がつかずに、甘えるだけ甘えていた自分が本当に情けないと思う。でもそれは本当に、リア様のせいでも何でもないんだ」

「あの、あのひとは」

聞いてもいいかどうか。私はあの下屋敷にいた女性のことも気になっていた。

「ああ、アデルのことかい」

「うん」

私は素直に頷いた。

「彼女も、主にサイラスのことで取り調べを受けたようだけど、犯罪には何にも関わっていないようだって。つまり、ただ、その、ただあそこにいただけだった。わかるかな」

「うん。わるいことしてないならよかった」

私はその部分だけに答えた。囲われていたという概念を三歳児がわかるわけがないのだ。

「けど、あのままにはしてはおけないからね。彼女には、俺が持たせられるだけの金銭を持たせて、この町ではないところに行くように手配したよ」

「えと、だいじょうぶだった？」

微妙な問題なので、具体的には聞けない。だが、カークは正直に答えてくれた。

「きっとリア様にはわからないだろうけど、だからこそ、話してもいいかな」

「いい。リア、きくから」

「うん。ありがとう」

カークは地面に腰を下ろしたまま、空を見上げた。

「その、アデルが、父さんに無理に囲われていたのなら、助け出すという気持ちも持てたと思うんだ」

「うん」

私は頷いてみせた。

「でもあの時、俺が目に入ったはずなのに、アデルは頼る人は父さんしかいないというかのように、父さんの胸にすがっていたよね」

「うん」

私にもそんな風に思えた。

「もう、俺の恋人だったアデルはどこにもいない。なら、罪に問われる父さんの愛人だったと、後ろ指をさされるこの町ではなく、別の町で新しくやり直してほしいと思ったんだ」

「うん。それがいい」

「はは。リア様は何でもわかってるみたいだな」

カークは空を見上げていた目を私に向けると、私の頬をちょんとつついて、ふっと笑みをこぼした。

「もちもちしてる」

「じまんのほっぺだから」

ほっぺくらいで慰められるなら、多少は差し出してもいい。

「寛大なことに、俺まで罪に問われることはないらしいから、後始末に精を出すよ。全部終わったら」

「おわったら?」

カークは何も言わずにまた空を見上げた。

アデルのように、新しい町でやり直すのかもしれない。

あるいは、シルベスターの代わりにこの町を治めるのかもしれない。

「いくところなかったら、リアのところ、きて」

「キングダムにかい?」

「うん」

私は深く頷いた。

「リアがおしごと、さがしてあげる」

「それもいいかな。知り合いが誰もいない、そして虚族もいないところ」

知り合いは私の兄さまとニコだけだから、気が楽だろう。そして虚族がいなければ、ハンターだった自分を懐かしく思わずにすむ。

カークは足をかばいながら、そして私は普通に立ち上がった。

どんなことがあっても、人は立ち上がり前に進まなければならないのだ。


そして、ケアリーの町長が護送されていった日、それはお父様が王都に戻る日でもあった。

前日一緒のベッドで休んだとはいえ、お父様不足は深刻である。見なかったら恋しくも思わなかったのにと思いもしたが、たった二日でも、お父様に会えてよかったと思うことにする。

「お前たちのいない王都での日々が、どれだけ味気ないことか」

家族三人になった途端、お父様にギュッと抱きこまれた私である。

「でも、私たちが一緒に帰ることではなく、遠くにあることを選んだのはお父様です」

ウェスターの西部に行けるということは、トレントフォースに行けるということでもあるから、私は単純に嬉しい気持ちのほうが強いのだが、兄さまはなぜかまだ拗ねている。

「お父様と一緒に、あるいは護衛をつけて戻るのが一番安全ではないですか。なぜ我らを西部に向かわせるのです」

「ルーク」

珍しいお兄さまのわがままに、お父様は眉をくもらせて困っているが、なぜかちょっと嬉しそうである。

そういえばテーブルクロスの下でピクニックを楽しんでいた私たちは、ほんの少し叱られただけだった。

「リアとニコだからどうしようもない」

とヒューがかばってくれたが、かばわれたような気がしないのはなぜだろう。とりあえず幼児でよかったと思う。

「キングダムの王族が狙われたのはこれで二回。リアに至っては、きっかけはレミントンとはいえ、計五回だぞ」

五回もあっただろうかと、私は指を折って数え始めた。

王都の屋敷からさらわれた時、トレントフォースでさらわれかけた時、領都に行く途中で襲撃された時、王都の城で襲われた時、そして領都で襲われた時。

確かに五回である。最初の三回以外は、私は巻き込まれただけかもしれない。だが、偶然にしては回数が多すぎるといわれれば、そうかもしれない。

「リアが記憶力がよく賢いのは確かだが、なぜリアだけがサイラスを確認できたのだ。まるでリアに見つかりたかったかのようではないか」

「確かに、事件を起こした後、ほとぼりが冷めるまでどこかに行っていればいいものを、わざわざケアリーにとどまったのは不思議ですね」

兄さまも私のことが話題の中心なせいか、拗ねた態度がどこかに行ってしまっている。

「調べによると、サイラスはこの屋敷にもよく訪れていたらしい。たまたま下屋敷で出会うことになったが、リアとニコ殿下の行動範囲からすると、この屋敷の竜舎で出会っていた可能性もある」

私はぽかんと口を開けた。なぜそこまでして私に会いたいのだ。

しかし、私に会うためというには、やることが迂遠《うえん》すぎるとも思う。

お父様の心配しているような、私に執着しているというのは違うような気がした。

「ですがお父様。サイラスがウェスター西部に逃げたかもしれないという可能性も否定できないんですよ」

「わかっている。わかってはいるが、それでも」

お父様は視線を下に落とした。

「リアがさらわれてからは、屋敷は徹底して安全な場所になるよう管理してきた。正直なところ、オールバンスの屋敷に閉じ込める以外、王都でも信頼できる場所などない。そして、屋敷に閉じ込められるのは嫌だろう、二人とも」

兄さまはすぐ頷いたが、私はニコ殿下や兄さまがいるなら閉じ込められていても大丈夫かもしれない。

だが兄さまはそんな私を見て首を横に振った。

「リアは自分の行動力を見誤っていますよ。我慢できるわけがありません。ニコ殿下をそそのかして、二人で脱走する未来がありありと目に浮かびます」

そんなことはないとは言おうとして、今回の事件のきっかけが自分の脱走だったことに気がつく私である。

「ギルもあと少しで成人だ。私たちの頃のように、成人した四侯は国境を越えてはならぬということはなくなってきているとは思う。それでも、気軽に出歩くことはやはりできないだろう」

ギルは一六歳になる。あと二年で成人だ。

「サイラスを捕まえたら、必ず迎えをやる。最終的には結界の届くトレントフォースにとどまっていてほしい。なるべく短くなるようにするが、それまでは好きなように過ごしていておくれ」

「お父様がそんな風に考えてくれていたとは、まったく気がついていませんでした」

兄さまは目上の人にやるようにお父様に頭を下げた。

「私は、大人の言うがままにあっちに行けこっちに行けと言われることに、不満を持っていただけの子どもでした」

「ルーク」

お父様は兄さまをそっと抱きしめた。

「お前がいつも聞き分けがいいから、そんなふうにわがままを言ってもらえることがむしろ嬉しいのだ。それでもそのわがままは通らぬ」

「はい。せめて近くにいて、お父様の役に立ちたかったのです」

兄さまの手もお父様の背中に回った。

「わがままだけではないと、ちゃんとわかっている」

お父様も兄さまもちゃんと考えていて偉いのである。

私は何も考えていなかったが、仲直りしているお父様と兄さまの足に抱きついた。とりあえず楽しいことには参加すべきであろう。

「リア」

お父様は私を抱き上げた。

「ユベールは西部に行っても役に立たないだろうから、連れて帰る。ハンスとナタリーにも確認したが、あの二人はリアについて行くそうだ」

「たすかる！」

ついてきてくれるかどうか以前に、ついてきてくれない可能性を考えなかった自分にちょっと反省である。キングダムに住んでいる人は、夜に虚族の出る辺境に出るのは嫌がるし、その滞在が長くなることにストレスを感じる者もいる。お父様はそれを危惧して確認してくれたのだろう。

「ユベール、こないの？」

「ああ。護衛にも役に立たないし、機動力もない。正直お荷物だろう」

一緒にいたら楽しいという以外、西部への旅では魔道具師は役に立たないのだった。

「あ、それならユベールとちょっとはなしてくる！」

私は兄さまに付き添ってもらい、ユベールの部屋へと向かった。他の使用人と相部屋だが、ちゃんとした部屋で安心した。しかし、ユベールの部屋に訪れていたのは私だけではなかった。

「ニコ！　アルでんかも」

「私はついでか」

アル殿下が不満そうだが、正直なところ、ついでである。

「リアもききたか。ユベールはもどってしまうときいてな」

「リアもさっきききいた」

ユベールには旅の仲間としてお世話になったから、ちゃんと挨拶をしておきたかったのだ。

「ニコ殿下、リア様」

ユベールは困ったような嬉しそうな顔をしてかがみこんだ。

「ユベール、たのしかったな」

「リア、いっしょでうれしかった」

ユベールはにっこりと笑って頷いた。

「私も、人生でこんなに楽しくも激しい経験をするとは、思ってもみませんでした」

はて、激しい経験などしただろうかと不思議に思うと、ユベールは自慢そうに説明してくれた。

「私はどこにでもいるような平凡な顔をしているから、捜査にはうってつけだと言われて、バートたちと一緒にケアリーの町中で聞き込みの仕事をしていたのですよ」

「ほえー、ききこみ」

私はわくわくと目を輝かせた。

「旅の前半はリア様とニコ様と一緒に魔道具師として働き、後半にはぼんやりと言われた顔を生かし

て役人のまねごとをする。王城での死んだような日々と比べて、なんと楽しかったことでしょう」

「死んだような日々だと」

「あっ」

ユベールはアル殿下がいたことを思い出して焦っている。

「そこは、かえったらわたしから、まどうぐしの、たいぐうのかいぜんをていあんしておこう」

そこはニコがうまくとりなしてくれた。ただ腹を立てるだけのアル殿下と比べて、ニコのなんと優秀なことか。

「お前のその目はなんだ。本当に腹の立つ」

「あにをひゅるー」

「ヒューバート殿から聞いたのだ。お前の頬を一度つまんでみろとな。うむ。もちもちしているな」

「おじ上……。やめてあげなさい」

私のほっぺがかわいいのは確かだが、働かされすぎではないかと思うのだ。

「そうだ、だいじなことをわすれてた」

アル殿下と遊んでいる場合ではない。

「ユベール、マールライトがあまってたら、ぜんぶちょうだい」

「リア様、それは……」

ユベールは眉を寄せた。

「リア、それはごうよくというものだ」

どうせ帰るだけなのだから、余ったマールライトを全部置いていけばいいと思うことは強欲なのか。

それと、強欲とか知っている四歳児、すごいと思う。

ニコはユベールに重々しく頷いた。

「すうまいでいいので、マールライトをゆずってはもらえぬか」

「ニコもでしょ」

「すうまいとぜんぶはだいぶちがう」

言い合いをしている私たちをおろおろと見ていたユベールだが、それを止めようとするかのように私たちの手をそっと握った。

「リア様、ニコ殿下」

その手から、温かい魔力がひっそりと流れてくる。

「これは」

思わず声を上げそうになったニコに、ユベールの口がシーッという形になる。

言われなくてもわかる。これは結界箱の魔力だ。

「ご当主に確認してからになりますが、許可が出れば手持ちのマールライトは全部置いていきましょう。途中で買うこともできますからね」

買うという手段を思いつかなかった私は目を輝かせた。

「一日、一時間。それを一〇日」

突然告げられたその時間と日にちは、魔道具師の先生と生徒の間柄ならすぐに伝わるものだ。

「あいわかった」

「リアもわかった」

ユベールはニコリと微笑むと、

「無茶をしてはいけませんよ」

と言ってそっと手を離した。

私はニコと目を見合わせた。

あれが結界箱を変質させる魔力。それを一日一時間、一〇日注ぐことで、結界箱に使えるマールライトに変質させることができるということだ。

兄さまは私たちの間になにか会話が交わされたことに気がつき、仕方がないなあという顔をしていたが、アル殿下は気づいていない。

西部に行くというなら、虚族のいる環境でできることがある。私がそう思っていることをユベールは察してくれた。

明日からは、私を止める大人はいない。兄さまは味方として巻き込んでしまえばいい。

幼児の私が、大人たちのように、いつまでもサイラスの影におびえていても仕方がない。

サイラスの行動が私をウェスターの西部に導くのなら、私はそこでできることをやり、楽しむだけである。

次の日、お父様は何度も振り返りながら、護衛隊に急かされて帰っていった。

それでも以前よりは王都を長く離れられるようになったのだという。私がさらわれた時に国境際まで来た時は、そこからとんぼ返りさせられたというのだから、こんなに慌ただしくても、前回よりも数日は余裕があったということになる。

そのためにお父様は魔力を増やし、効率よく結界の魔石に注げる力を身につけてきたのだ。

「早く私も成人して、お父様の助けになりたいものです。そしたら、お互いに今の倍以上、長い旅ができるでしょうから」

交代で魔石に魔力を入れたらよいのだと兄さまは笑った。

「モールゼイのところがそうしていますよね。あそこは旅には出ませんけどね。やはり一人で魔石の責任を持つのは重すぎますよ」

そんな私たちと一緒にキングダム一行を見送ったヒューが、兄のギルバート王子にもう一度確認している。

「本当に私が残らなくていいのですか」

「お前が行かなくて、誰が子どもたちを守るのだ」

「それはそうなのですが」

子どもたちだけでなく、カルロス王子他二人、ファーランド一行のことも気にかけてあげてと思う私である。

「ヒュー、お前さあ、兄さんがそんなに頼りないか？」

のんきな声でヒューに話しかけているのはミルである。あまりに気さくな態度にギルバート王子も苦笑いだ。

「何を言う。兄上が頼りないわけがないではないか」

「じゃあお任せしちゃえよ。ギル殿下よりさあ、俺たちのほうがよっぽどヒューの力が必要なんだって」

ギル殿下と言われてついに噴き出した当人である。さすがに第一王子を略称で呼ぶ部下などいないのだろう。

「お前、兄上に向かってその態度は！」

「まあまあ、ヒューよ」

そのギル殿下にヒューがなだめられている。

「だが、その通りだ。本当は人手はいくらあってもいい。それが信頼できる弟のお前ならなおさらだ。だが、お前に託された役割は、私より重いかもしれぬ。どれだけの他国の要人を預かっていると思うのか」

ヒューはそう言われて初めてハッとした顔で私たちのほうを見た。

ずっと仲良く一緒に旅をしてきたせいで、私たちがキングダムの王族であり四侯であること、そしてカルロス一行がファーランドの王子であることなど、頭のどこか片隅に行ってしまっていたのだろう。

「言い訳かもしれませんが、この一行で要人と言われてすぐ納得できるのはルーク殿だけです」

プイと顔をそむけたヒューの子どもっぽい姿は本当に珍しい。しかし、私とニコだけならともかく、要人の範疇《はんちゅう》から飛び出てしまったギルは、さすがに心外そうな顔をしている。

カルロス殿下については、本人はまったく気にしていないし、お付きのリコシェとジャスパーはあきらめ顔である。

「お前も含めてすべての人が要人だ。王族が多いから目立たないかもしれないが、リコシェ殿もジャスパー殿も伯爵家の子息だぞ」

伯爵家といえば、領地を預かっている存在なので、確かに身分は高いなあと私はリコシェとジャスパーを眺めた。

「すべての方が自分より身分が上ですから、我らが要人などとおこがましいですね。カルロスも、ヒューバート殿下も、この状況で自分たちが需要な役割から外されているようで悔しい気持ちはわかります。ですが」

リコシェが話を引き取ってくれた。

「我ら全員で、キングダムの後継者を守ると思えばいいのではないですか。ニコラス殿下にはそれだけの価値があるでしょう」

「私だってファーランドの後継者だが」

「そうですね」

リコシェは何も言わなかったが、うちの殿下は要人のうちに入れられない後継者ですがと言外に続いたような気がした。

「わかりました。いつまでもグズグズ言って申し訳ありませんでした」

ヒューが昨日の兄さまと同じようなことを言っている。真面目すぎるから、自分だけが楽しんでいるみたいで落ち着かないのだろう。

「お前がウェスターと私のことを大事に思っていることは十分にわかっている。ケアリーが断罪された噂は早晩西部にも伝わり、多少なりとも動揺が走るだろう。西部の様子もよく見てきておくれ」

「わかりました。必ずや」

ギルバート王子から追加の仕事をもらってヒューもやっと落ち着いたようだ。

「それでは気ぜわしいですが、私たちは明日、出発します」

ということで、思いがけなくも長い滞在になったケアリーを、ようやっと出発することができたのだった。

第二章

ハンター喰いの島、再び

カークとも別れを惜しみ、ついに出発した私たちだが、予想外に護衛もお付きの人の人数も少なかった。正確には、ケアリーまで来た時とほとんど同じということだ。ほとんど同じというのは、ユベールがいなくなったから。だが、確かお父様は、ニコ用にキングダムから余分に護衛を連れてきていたと思う。

「どうしてにんずう、すくないの？」

疑問に思った私は素直にヒューに聞いてみた。

「そうだな」

私とニコは、身軽にラグ竜の振り分け籠《かご》に乗っている。

この先の行程では、専用の竜がたくさんいると通りにくいところがあるためだ。連れてきた私のミニーはお父様と一緒にキングダムに返してしまったから、普通の竜に乗っているのだ。

普通の竜だから、小さいミニーとは違い、隣の竜に乗っている人と顔の高さの段差があまりなく、話しやすいのである。

「アルバート殿下は手練《てだ》れだという護衛を連れてきてくれたが、お断りした。虚族の出る夜の挙動に慣れていない護衛は足を引っ張るだけだ。キングダムの中で優秀な兵と、辺境で優秀な兵はだいぶ違うのでな」

「なるほど」

私はもっともらしく頷いた。

「でも、にんずう、おおいほうがよくない？」

「リアよ。今回は珍しくいろいろ考えているな」

ヒューが驚いたという顔をしたので、なんだかちょっとイラっときた。

「リア、いつもよくかんがえてるけど？」

いつもよく考えてはいるけど、口に出さないだけだ。

「その尖った口が憎たらしいな」

「べつにとがってません！」

危うく頬をつままれるところだった私はさっとかわした。二年前よりだいぶ身体能力は上がっているのである。

「チッ。まあいい」

何がいいのだ。

「サイラスは従者と二人で逃げているらしい。竜の売買もいつも二人で行っていたらしく、何かしらの集団を率いていた気配はないそうだ」

「ふたりで」

竜の群れとしての性質からいえば、リーダーとなる竜を操ることができれば、その群れはすべて言いなりになる。そういう意味で言えば、二人で竜の売買をしてもおかしくはない。だが、それでもどこかに拠点は必要なのではないか。

私は腕を組んで考えた。

が、それも込みで調査をしているはずなので、私が考えても仕方がないのかもしれない。

「もし西部に逃げ込んだとしても、前回のように、人を集めて我らを襲う危険性は低いと判断した。だから使えない兵が多くいるより、私の意がすぐに伝わる兵が少数いるほうがいい。そのほうが機動力もあり、すぐに動ける」

機動力という言葉を聞いて私は、トレントフォースから領都に向かった時、襲われたことを思い出してブルっとした。

その様子を見ていたのだろう、バートが声をかけてくれた。

「リア、あの時は、トレントフォースからずっと複数の視線を感じてたんだ。ずっと警戒して大変だったが、今はそんな様子は全くない。道中少しでも危険を感じたら、ケアリーか領都に方向を変えるように言われているから、あんまり心配しなくていいぞ」

「バート」

勘の鋭いバートが言うのならそうなのだろう。私は安心してポスンと籠に落ち着いた。

「なんだい、ニコ殿下」

私の代わりに、今度はニコがバートに声をかけている。

「トレントフォースはまだか」

「ハハハ。トレントフォースな。まだまだだぞ」

私は誰もニコに行程を説明していなかったのかとびっくりした。そういえば、お父様たちが来てから私たちが出発するまで、慌ただしくてゆっくり話もできなかった。テーブルの下でピクニックなどしている場合ではなかった。

「だいたいあと一か月後だな」

「いっかげつ……」

遠回りして帰るとしか思っていなかったとしたら、それはびっくりするだろう。

「行きに一か月、帰りに一か月。途中にどのくらい滞在するかで、もう少し長くなるぞ」

「ということは、およそみつきか」

「ニコ、ごさいになっちゃうかも」

三か月なら間に合うが、五か月たてばニコの誕生日が来てしまう。

「そんなにか……」

確かにあの会議の時、ニコは事情は理解したと言っていたが、本当に理解していたわけはない。大人の言うことには従うしかないというあきらめの言葉だということに私が気がつかなければいけなかった。しかも、今私は余計なことを言ってしまった。お誕生日といえば家族で祝うもの。しょんぼりした声は、家族が恋しくなってしまったからに違いない。

こうなったら楽しい話でごまかそう。

「ニコ、トレントフォースいくまえに、うみがあるよ」

「うみか」

ニコの声に少し元気が戻った。

「ミルスこよりずーっとおおきくて、なみがいっぱいある」

「ミルスこより大きいのか」

「おおきいよ！」

時折、バートたちや兄さまも加わりながら、海の話をし続けたら、しょんぼりしたことなどなかったように元気になった。だがこれではその場しのぎにしかならない。

私は強く心に決めた。


ケアリーを早くに出発したので、宿には早く到着し、夕食も早めになった。

「ここらあたりは農業地帯で、芋がおいしいんですよ。庶民の味かもしれませんが」

と宿のおじさんが言っていたが、大歓迎である。

「芋……」

と遠い目をしたアリスターを見ていると、どうやら未だに好き嫌いを克服していないようだ。

「アリスター、リアのとなりにすわる？」

「いや、遠慮しとく。今日は絶対に座らない」

食べさせてあげようと思ったのに、残念である。

しかし貴族に出す食事だからか、お芋をシンプルにつぶしたものは出ず、その代わりたっぷりのクリームと一緒にオーブンで焼いたものや、細切りにしてベーコンと一緒にこんがり焼いたものなどが出たので、私は満足である。

「この食感なら、俺でもいける」

と、アリスターもいくらか食が進んでいたようなのでなによりである。

「さて、そろそろ小さい方々は部屋に戻るように」

デザートまでしっかり食べた後なので、普段ならヒューの言う通りにするところだが、今日の私は違う。

「いやだ」

これである。当然、腕もしっかり組んでいる。

「な、なに？」

普段素直な私が反抗しているので、ヒューが動揺していて笑える。

「リア、へやわりのへんこうをようきゅうする」

「部屋割りの、変更だと？」

私はうんと大きく頷き、次のように宣言した。

「きょうから、ニコはリアとおなじへやにする」

「え、では私はどうなるのですか？」

兄さまは今は黙っていてほしい。

「きょうからそうなるのか？」

ほら、ニコが目をキラキラさせているではないか。

しかし、ヒューはふうっと大きくため息をついた。

「リーリア。お前には前にも言っただろう。貴族なのだから、幼くても男女同室はならぬと」

「それは聞き捨てなりませんね。いったい前にどのようなことがあったのですか」

だから兄さまは今は黙っていてほしい。

「いいんじゃないか。前は俺と同じ部屋だったんだし。なんならまた一緒の部屋にするか？」

お芋を克服して元気いっぱいのアリスターも口を挟む。

「いまはアリスターのはなしじゃないの」

「お、おう。ごめん？」

アリスターは素直に引いてくれた。

「リアにはにいさまがいて、なんでもせつめいしてくれるけど、ニコにはだれもいないでしょ」

私は丁寧に説明してあげた。

「だから、トレントフォースまでどういくか、ニコがしらなかったでしょ」

これにはギルと兄さまが青い顔をした。

「ニコ殿下、すまない。それは本来俺がやるべきことなのに。だから今日、海の話を初めて聞いたみたいな顔をしていたんだな」

「私もです。慌ただしかったとはいえ、旅程をきちんと話していなかったなんて、私としたことが申し訳ありません」

「かまわぬ。どうせいずれはたどりつくのだ」

それでいいわけがない。

「これからさき、まだながいから。よるにひとりはいけません」

私はしっかりと説明してあげた。護衛がいても、心を割って話すわけにはいかないのだから。私のハンスとナタリーほど気楽に話はできないだろう。今までは一人で大丈夫と言っていたが、これから数か月もかかるのなら一人はよくない。

「だが、いくら仲がいいとはいえ、お前たちは微妙な立場なのを忘れてはならぬ。以前にも言っただろう。その、あれだ」

ヒューが気まずそうな顔をして、バートに助けを求めた。

バートもミルもキャロもクライドも、何のことかわからないという顔をしている。それを見てアリスターが肩をすくめた。

「リアがニコ殿下のお妃候補かもしれなくて、それでリアをさらおうとしている奴がいるかもしれないって話だろ」

じれったくなったのか、ヒューがごまかした部分を、アリスターがはっきりと口にしてしまった。

二年近く前の話をよく覚えているものだ。

「そんなはなしがあるのか」

ニコが面白そうな顔をしているが、そんな話などない。

「ありません」

兄さまがちょっと厳しい声音でニコに返事をしている、

「その、同室だったということでまるで既成事実だというように噂されかねないということを私は心配しているのだ」

「にゃい」

私はきっぱりと言い切った。この間のケアリーの下屋敷の件といい、幼児には大人の男女関係ははっきり言ってどうでもいいのである。

「それなら、そもそもいっしょにウェスターにきたことじたい、そういわれるでしょ」

「ううう、そうなんだが」

ヒューは頭が固いし、兄さまは私と同室を譲りたくないしで、話が進まない。

「要はさ、リアはさ」

アリスターが気軽そうに間に入ってくれた。

「ニコ殿下にちゃんと話が伝わって、寂しくないようにすればいいんだろ」

「そう」

私はさすがアリスターと思い、にっこりと笑った。

「だったら、寝るまではできるだけ皆で集まって話をして、ニコ殿下が寝る時はギルと一緒の部屋でいいんじゃないか？　ギルが嫌なら、俺と一緒でもいいしさ。俺はさ、リアで小さい子と同じ部屋には慣れてるからな」

アリスターの提案は、よく考えてみると当たり前のことだけれども、ギルも自分が誰かと同室とは考えたこともなかったようで、ものすごく驚いた顔をしていた。

「そうか、俺はニコ殿下ともアルとも一緒の部屋でいいのか」

「いや、俺はいいだろ、別に」

速攻でアリスターに断られていて笑ってしまう。

「いや、お前は俺の叔父だし、同室でも」

「今はニコ殿下の話だろ」

兄さまもギルも動揺しているのか、珍しくすぐ脱線してしまう。

「そうだな。そうだ」

ギルは自分に言い聞かせるかのように繰り返した。

「ニコラス殿下。忙しかったとはいえ、先々の予定を話しもせず申し訳ありませんでした。俺も夜一人では寂しいので、一緒の部屋で過ごしてもらえませんか」

ニコと一緒ということは、ニコの護衛も一緒ということだ。正直なところ、一六歳のギルには窮屈なことだろう。それでもちゃんとニコのことを考えられて偉いと思う。

「ニコ殿下。私もです。たまにならリアとの同室を譲ってもかまいません」

「ギルはごうかく。にいさまはしっかく」

「そんな……」

私の判定にガクリとうなだれる兄さまと得意げなギルとを交互に見て、ニコはこくりと頷いた。

「わたしは一人でもだいじょうぶだ。だが、ギルやアリスターやリアといっしょも、きっとたのしいだろう。へやわりはまかせる」

ということで、さっそくギルと同室ということになったニコである。

大人は今日の振り返りと明日の相談があるから食堂に残ったが、いわゆる小さい方々はニコの客室に集まった。

といっても地方の町では、せいぜい広めの部屋にベッドが二つ、小さいテーブルに椅子くらいなものである。だがそんな状況にも慣れっこな私たちは、それぞれ思い思いの場所でくつろいだ。

小さい方々というのは、ニコに私、それから兄さまにジャスパー、それにアリスターである。

ヒューが言った小さい方々とは私とニコのことだろうと思うのだが、お話要員として残りの三名も派遣されたものと思われる。

「じゃあ、俺から説明するぜ」

一人だけ大人も交じっている。キャロである。

「俺が小さいから選ばれたんじゃないからな」

「そんなことおもってないもん」

そう言えばキャロは背が低めなことを気にしていたが、本当にそんなことは思っていなかった。

「まあ、実際のところ、四人の中じゃあ俺の説明が一番わかりやすいから選ばれたんだけどな」

確かに、バートなら大雑把だし、クライドなら最低限のことしか話さないし、ミルならそもそもすべて話すとも限らない。キャロが適任である。

「さあて、じゃあこれを見てくれ」

キャロはテーブルではなく、ベッドに地図を広げた。

「ニコ殿下は地図は見たことあるかい?」

「ああ。ここがキングダムのおうと。そしてここがケアリー」

「ミルよりよっぽど頭がいいぜ」

そのつぶやきは聞かなかったことにする。

「その王都から見て、真西のここが、目的地のトレントフォース。こう」

キャロが王都を中心にしてぐるっと円を描いた。

「うまいことキングダムの結界の恩恵を受けている町なのさ」

「リアのいたところか」

「そうだ。いい町だぜ」

キャロの言葉には温かい気持ちがこもっていた。

「ほんとにいいところよ」

私も同意しておく。

「で、今がケアリーから出て最初の町。ここだな」

キャロの指が、ケアリーから南に下がる。

「そのまま海まで南下する。ここがニクス。カークが足を怪我した危ない島があるところだよ」

「あぶないしまか！」

ニコの目が輝いた。なぜ男の子は危ないことが好きなのか。

「それから海岸沿いに西側へぐるっと回って、最後がトレントフォースだな。ゆったり進んで一か月ってとこだ」

「あいわかった」

よく考えると、更に旅が三か月もかかるというのは大変なことだが、ふと、そうまでしてニコを城に戻したくないのかなという気がしてなんだか嫌な気持ちになった。だが、城より旅のほうが安全なんてありえないことだと、首を横に振ってその考えを押しやった。

「海までは一週間はかからないと思うぞ。なにか質問は、つまり聞きたいことはないか？」

キャロはニコに丁寧に尋ねている。

「今はなにもおもいつかぬ。かんしゃする」

最終的な目的地と、今どこに向かってそれに何日かかるかわかれば、旅はだいぶ楽になる。

「さーてと、じゃあ何をして遊ぶ？」

地図をしまってキャロが腕まくりした。

「戻らなくていいのですか？」

「こっちのほうがいいに決まってるだろ？　向こうにはあと三人いるんだから、一人くらいちゃんと話を聞いていると思うぜ」

とはいえ、とっさにできる遊びなど思いつかなかったので、海の町に何があったのかをキャロ視点で話してもらって、その日はお開きになったのだった。

ギルがやってきたところで、ニコに手を振って別れると、私と兄さまは一緒の部屋に向かった。お風呂はご飯の前に入っているから、あとはもう寝るだけである。

「さて、にいさま」

「な、なんです？　リア」

兄妹二人きりになってニコニコしていた兄さまは、私が改まって話を始めたことに少したじろいだ。

私は、何も言わずに自分用の荷物の中から、大きめのきんちゃく袋を引っ張り出した。

「ガチャガチャ音がしていますが、それはいったい何ですか？」

「はい」

床の上にざざーと袋の中身を空けると、出てきたのは小さくて長細い板である。

「マールライトですか……」

「ユベールがぜんぶおいていってくれたの」

「数枚でいいでしょうに。まさか律義に全部置いていくとは……」

私とニコがユベールにマールライトをねだった場に兄さまもいたはずだが、まさか私の全部欲しいという要求に本当に応えるとは思わなかったようだ。

「それで、リア。そのマールライトがどうかしましたか？」

はぐらかしたりからかったりせずに話を聞いてくれようとするのは助かる。

「これで、ちいさいけっかいばこをつくりたいの」

私はバートに、もっと小さい範囲の結界箱を作れないかと聞かれてから、ずっと考えていた。

その時、厳しいことを言ってバートを止めてくれた兄さまには感謝している。能力があるからといって、それを安売りしてはならないし、そうすることは相手のためにもならないということを教えてくれた。

だが、小さい結界箱を作るという考え自体は、とても面白いと思うのだ。

自分一人を覆えるだけの結界は、実用的ではない。一番は、そんなに間近に虚族がいることに耐えられないからだ。

　辺境に住む民は、虚族が身近だからこそ、虚族の被害に遭わないよう、様々な工夫をしている。それでも被害が出るのは、虚族が怖くてパニックを起こすからだ。冷静な判断ができず、安全地帯から出てしまう。

決して結界に入ってこられないとしたとしても、手を伸ばせば届くところに虚族がいることに耐えられる人は多くないと思う。

ということは、小さい結界箱を作ったとしても、ハンターか商人のお守りくらいにしか需要がないのではないか。だとしたら、今ある結界箱の商品価値を下げることもない。

それならば、お金も時間も、そして技術も資材もあるオールバンス家の娘である自分が、遊びで作ってもいいのではないかと思うのだ。

「バートのためですか？」

当然その質問が来ると思っていた。

「はんぶん、そう。はんぶん、ちがう」

きっかけはバートの提案だ。だけれども、作ってみたいと思ったのは私だ。

「その、違う半分の理由を教えてください」

兄さまの声は真剣だ。

「おもしろい、とおもったの。いままでのまどうぐと、ちがうものをつくることが」

「おもしろい、ですか」

「うん」

私は地面のマールライトを一枚、取り上げて部屋の明かりにかざした。

「ユベールはとてもゆうしゅうなひとだけど、きまったまどうぐをつくることしかゆるされないでしょ？」

「そうですね。魔道具は必需品ですが、職人は少ない。たくさん供給するためには、同じ道具を作り続けてもらわないと」

「そう。だけど、リアはちがう。ニコもちがう」

学校に行く年でもなければ、働く必要もない。

「せっかくへんきょうにきたのだから、いろいろやってみたいの」

「つまり、キングダムの結界の届かない、虚族のいるところに来たからということですね」

私の遠回しの表現が伝わったようで、大変助かる。

「バートは、十分な謝礼を払えないかもしれませんよ」

「これはバートからのおねがいじゃないの」

私は取り上げたマールライトをそっと下に置いた。

「これはリアからみんなへのおねがい。おかねもリアがだします。あとばらいだけど」

魔石に魔力を入れたお金や何かを、お父様が貯金してくれているはずなので、たくさんは払えないと思うが、それを使わせてもらうつもりだ。

「リアとニコ殿下でこっそりやるのではないのですか？」

兄さまはまず皆へのお願いのほうが気になったようだ。

私は首を横に振った。

「みんなのきょうりょくがいるの」

「誰に、どんな？」

兄さまが丁寧に話を引き出してくれる。

「ニコとリアは、マールライトをへんしつさせるじっけん。にいさまには、せいかをかんりするおしごと。アリスターには、そとがわをつくってほしい。バートたちは、じっさいにつかってみるおしごと」

「なるほど」

兄さまは腕を組んだ後で、右手を顎に当ててじっくり考えている様子だ。

「こないだリアとニコ殿下が行った実験は、魔石とマールライト、それにローダライトを組み合わせただけでしたね。今度はそれを納める箱まで作りたいと、そういうことですか」

「うん。バートたちがつかえないと、いみがないから」

「実験だけでなく、実用まで考えての提案、ですね。うーん」

兄さまはあれこれ考えを巡らせているようで、壁の一点をじっと見つめたまま黙り込んだ。

「作るのはいいとして、例えばこれをサイラスのような悪人が手に入れる可能性も考えなければなりません。が、それはあくまで商品として売り場に並べた時の話です」

遊びで作るのだといっても、魔道具の商売をしているオールバンスが、その成果を生かさなくてどうするということを兄さまは考えているのだと思う。

私はそこまでは考えていなくて、ただユベールが教えてくれた結界の変質を試したくて頭がいっぱいという感じだ。

「もう一つ考えなくてはならないのは、ファーランド一行にどう説明するかです。ヒューに関しては、バートたちの雇い主ですからね。私たちの力についてもう知っていますし、隠していても仕方がないのでいいのですが」

実験を一つやりたいというだけのことなのに、いろいろ考えなくてはならないことがある。ただ、兄さまの話はすべて、私のお願いをかなえるためにどうすればいいかということが前提になっている。つまり、私のお願いを聞いてくれたということなのだ。

「やっていい？」

「ええ。以前厳しいことを言ったのは、覚悟のないまま始めてほしくはなかったからだけですので」

「やった！　あした、まず、ニコにそうだんしてみる！」

最初は自分たちの実験から始まり、そしてそれを見たバートの提案で具体化した小さい結界箱の構想だが、とりあえず話が進みそうである。もうこっそりやって叱られるのはごめんなので、兄さまも巻き込んで、ついでに管理してもらう作戦、大成功の夜であった。

「一番知られて困るのは、キングダムの王族と四侯が自分で結界を作れること、そして結界が共鳴し合えば広い範囲に結界を広げることができるということです」

いろいろ考えた結果、兄さまはそれが一番問題だという。

「魔道具は分解すれば構造自体は簡単ですし、マールライトに秘密があるということは、辺境で魔道具を扱うものなら誰でも知っていることです」

確かに、トレントフォースでバートは、魔道具を分解しながら説明してくれたと思う。

「何かをすることはわかっていても、何をどうやっているのかは、見ただけではわかりません。それに、リアがオールバンスの秘蔵っ子だということは知られていますし、大丈夫でしょう」

ということで、ファーランド一行に知られてもいいので、旅の間に堂々と実験を行ってもいいということになった。

もっとも、兄さまから相談を受けたヒューは、面倒なことをという気持ちを隠さなかった。

「リアは、りゅうしゃにのってるじかんを、ゆうこうかつようしたいだけよ」

「有効活用などと言う口はこうだ。生意気な」

「あにをひゅるー」

つまむのは口ではなくほっぺでしょということは言わないでおく。

ニコは、私と一緒にユベールから変質を教わった生徒なので、私のやりたいことをすぐにわかってくれた。それどころが、ずいぶん乗り気だった。

「それではリアに、わたしからもていあんがある」

「ていあん？」

ニコにもなにか考えがあるとは思わなかった私は少し驚いた。

「明かりのまどうぐをつくるときにかんがえていたことなのだが、そもそもマールライトが大きすぎる。これは小さくできないものか」

「ほんとだ。ユベールからもらったマールライトも、だいたいおんなじおおきさだし」

自分の依頼が、兄さまにやっと認められたとニコニコと私たちを見ていたバートが、ぐいっと身を乗り出してきた。

「魔道具のことなら俺に聞いてくれ。いちおう、魔道具の店で働いていたんだからな」

「そうだった」

ハンターを引退した後は、魔道具師になることを目指していたはずだった。

「小さいまどうぐを作りたいなら、マールライトも小さくせねばならぬ。どのくらいまで小さくできる？」

ニコの質問にバートはすぐに答えた。

「一番小さい魔道具は熱を出す魔道具なんだ。リアもよく知ってるだろ。旅の間、桶の水を温めていたやつだ」

「しってる！」

お屋敷に戻った後はほとんど見たことがないが、確かに熱を出す魔道具は手のひらにおさまるものだったような気がする。

「あれだと、明かりの魔道具の半分くらいの大きさでいいはずだ。そしてそれが最小だな」

私はふむと頷いた。

逆に結界箱はそもそもが大きいし、明かりの魔道具より大きいマールライトを使っている。結界に使う魔石が大きいからというのも一つの理由だ。

「では、まずは大きさのちがうマールライトをつかってやってみるべきではないか」

「ニコ、かしこい」

私は感心して手を叩いた。私は、時間と日にちを変えることはやってみようと思っていたが、マールライトの大きさまでは考えていなかったからだ。

「リア、じかんとひにちはおなじにして、大きさをかえてやってみよう」

「リアが、ねつのまどうぐにつかうちいさいほう」

「わたしが、明かりのまどうぐにつかうふつうのやつだな」

分担はすぐにできた。

「いつやる？」

「りゅうにのっているとき」

「ふむ」

ニコはすぐには頷かなかった。

変質は結界を作る魔力を送り込むことであって、実際に結界を作るわけではない。だが、結界を張りながらやったほうがうまくできる。これは、マールライトを変質させるより、結界を作ることが先にできた私たちならではの特徴かもしれない。実際、ユベールは結界を作り出すことはできないのだから。

「それはどうだろう。いっしょのりゅうしゃでも、ふりわけかごでもきけんだぞ」

危険というのは、うっかり結界が重なってしまって共鳴が起きてしまいかねないということである。

「でも、リアはニコといっしょのりゅうしゃにのりたいんだもん」

「わたしもだ」

仲良しということが実験の足を引っ張ることになるとは思いもよらなかった。

「ごはんのあとはあそびたいし」

「そうだな」

移動中が一番暇だと思ったのだが、なかなか難しい。どこで時間をとればいいのか。

「むー」

「むー」

二人で腕を組んで悩んでいると、兄さまに頭を撫でられた。

「では、私かギルが一緒にいて、時間を計ることにしましょうか。そもそもどのくらいの時間、やるつもりだったんですか？」

私はニコと顔を見合わせた。

「みじかいほうがいいとおもってた。じかんも、ひにちも」

「では、一じかんの半ぶんだな。それを、三日くらいか」

「三〇分を三日間ですね。その三〇分を、一日何回ですか？」

ニコは何回でも平気だという顔をしていたが、私には無理だ。幼児のせいか、意外と集中力がないのだ。お昼寝もしたいし。

「一回でいい……」

「では、午前中にしましょうか」

「うん」

意気込んでいた割には一日一回しかできない私である。

その日の午前中は竜車に乗り、ニコと交代でマールライトの変質を試した。兄さまが懐中時計を見ながら時間を計ってくれている。

「三〇ぷんでも、へんしつはできてる」

小さいマールライトでも変質はできていた。

「でも、じかんがたったら、こうかがなくなるかもしれないから、あとでたしかめないと」

「そうなのですね」

兄さまがノートに記録を書きつけながら、私の説明を真面目に聞いてくれた。そして実験に使ったマールライトを預かってくれる。

「にいさまにかくしごとがないと、たびがたのしい」

「当たり前でしょう。今は楽しいということは、他に隠し事はないということになりますね」

「はい！」

心にやましいことのない私は元気に返事をし、その日の旅路も食事も十分に楽しんだ。

そして旅の初日に決めた、夜のお楽しみタイムがやってきた。

「にいさま、マールライトみせて」

「昼に預かったものですか？　いいですけど」

兄さまは、丁寧に布で包んだマールライトを見せてくれた。私のが淡いピンク、ニコが真っ白の布だ。

私は自分のマールライトをそっと取り上げて、魔力を流してみて、思わずがっかりした。

「リア、どうしました？」

「きえてる」

昼に三十分間注ぎ続けた貴重な結界の変質が消えているのだ。それを聞いてニコが慌てて自分のマールライトを取り上げ、魔力を流してみている。

「こっちのマールライトはちゃんとだいじょうぶだ」

「ええ、いいなあ」

勝ち負けでも何でもないのだが、自分のやったことに意味がなかったのかと思うとがっかりする。

「まりょくをいれたときはだいじょうぶだったのに」

「そうしたら、明日はリアは三〇分ではなくて一時間でやってみたらどうですか？」

「そうする」

さっそく実験の成果が出たともいえるのだから、がっかりすることはない。兄さまの提案で明日すべきことがわかったからいいと思う。

「ということは、俺の作るべき箱は明かりの魔道具の大きさを基本にするってことか」

外側担当のアリスターが興味津々な顔でマールライトの大きさを判断しようとしている。

「だけど、明かりは苔《こけ》を使うし、熱は特殊な砂が必要だ。結界箱はそういったものを使わないから、魔石を安定させる柔らかい布だけでいいんだが、そうなると微調整が必要だな」

手をわきわきとさせているのは、実際にどう細工していくか考えているのだろう。

「箱だけでなく、それを体のどこに着けるかを考えてくれよ」

余計な注文を出すのはバートだ。

「俺としては、ラグ竜に乗ってる時にさ、片手でカチッとスイッチを入れられるようにしたいんだよ。だからベルトとかに着けられると助かるんだが」

「それはもうポーチみたいなもんで、箱でもなんでもなくないか」

アリスターが冷静に指摘している。バートの夢が広がっていてなによりだが、確かにどう使うか考えることも大事かもしれない。

私は思いついたことを一つ一つ口にしていく。

「けっかいはまるいかたちだから、からだのまんなかあたりにはこがあるのがいい。そうすると、ベルトか、リアのラグりゅうポーチみたいに、かたかけにするか」

「小さいやつが完成するんなら、ブローチみたいにしてもいいかもな。紐をつけて首から下げてもいい」

ワイワイと話していると、まだ実験を始めたばかりなのに、もうできているような気がするのが不思議だ。

「あ、ジャスパー」

小さい子組で参加しているジャスパーは、私たちが何の話をしているのかさっぱりわかっていないだろう。楽しいからといって、一人だけのけものにしていていいわけがない。

「新しい魔道具を作ろうとしているんですよね。リア様は小さくても、やはりオールバンスなのだと、感心していたところです。それより私が聞いていてもいいことなんでしょうか」

「大丈夫ですよ。ただの楽しい実験なのですから」

にこやかに肯定する兄さまを見ながら、私はユベールのことを思い出していた。

そういえば、四侯や王族だけでなく、魔道具師もキングダムを出てはならないのではなかったか。それは魔道具の知識を流出させないためだったような気がする。ということは、これがばれたらめちゃくちゃ監理局に怒られるのではないか？

監理局の偉い人がどんな人かわからないから、怒られるかもと思っても怖くはない。

この実験によって、キングダムにマイナスになるようなことがあれば、兄さまとギルが止めるだろう。止めないのだから、心配することは何もないのだと、私は取り越し苦労をするのをやめた。

わいわいと話す時間が過ぎて、皆が部屋に戻っていった後、私はもう一度兄さまにマールライトを出してもらい、魔力を通してみる。

「やっぱり、へんしつがきえてる……」

「そんなにがっかりしないでください、リア。明日は新しいマールライトで実験を始めるのでしょう？」

「うん」

今持っているマールライトに、どのような影響が残っているかわからないから、明日からはまっさらなマールライトを使う予定だ。

「でも、いちばんさいしょの、きねんのマールライトだから、すてたくない」

捨てるのも、他の魔道具の材料として使うのも違うような気がするのだ。

「だったら、リア様のラグ竜に入れたらいいのではないですか？　大事なものを入れるポケットがついていましたよね」

「ナタリー、いいかんがえ！」

普段は兄さまとの話に割り込んでこないナタリーだが、私がよっぽど惜しそうな顔をしていたからか、そう提案してくれた。

私はポシェットのポケットにいそいそとマールライトを入れ、それを枕の隣に置いて寝ることにする。

「もうつかわないなら、すきにまりょくをいれてもいいよね」

私は誰に言うともなくつぶやいた。魔力といっても結界の魔力である。

「いいですとも。私に声をかけてくだされば、私が大体の時間を計測しておきますから」

「ありがと、ナタリー」

実験ではないから、時間は計らなくていいよと言おうとしたが、魔力を入れるどころか、次の瞬間には眠ってしまっていた私である。

第三章

海は広いな

小さいマールライトは、一時的に変質してもすぐに戻ってしまい、私の実験は苦戦していた。一方で、ニコの実験は最初から大成功だった。

「三〇分、三日で一応使える形のものができましたね」

兄さまが記録を取りながらふむと満足そうだ。ただし、アリスターが用意していた、明かり用の魔道具箱は少し大きくて、できあがった結界箱は小さいとはいえないものだった。

「大事なのは、結界の範囲と、俺でも充填できるくらいの魔石で動くかどうかってことなんだ」

変質が終わったらそれで終わりではない。実際に使えるかどうか試さねばならず、そこでバートの登場である。

「まずはどの大きさの魔石なら動くか試しましょうか」

兄さまが様々な大きさの魔石を小さいほうから順番に並べている。

それをいろいろな大きさの頭がのぞき込んでいるという、ちょっと狭苦しい状況だ。

小さい子組が夕食の後楽しそうなことをしているということで、最近は自然と全員が、一部屋に集まってくる。広いといえば食堂なのだが、宿の食堂で大っぴらにすることでもないので仕方がない。

「へやにおうじがいっぱい」

「いっぱいって、三人しかいないぞ」

思わずこぼれた本音に、ひたすら旅を楽しんでいるだけのカルロス王子が不思議そうに感想をのべるが、

「カルロス、それは感覚が麻痺しています」

すかさずリコシェに突っ込まれていた。いい主従である。

「王子だけでなく四侯の血筋が四人もいますよ」

「四人？　ああ」

アリスターもバートと同じように周囲の警戒に当たったり、雑用をしたりしているから、四侯だということをうっかり忘れてしまいがちである。もっとも、なにをしていようと私にとってアリスターはアリスターだ。

「こないだまで王子が五人もいたからな。少なくなったと思ってしまっても仕方ないだろう」

言い訳をしながらも、アリスターが箱の中に魔石をはめ込んでいくのを興味津々で見ている。

「小さいのからやっていくぞ。この小さいやつで動くと助かるんだけどな」

綿と布を詰め込んだ箱に、小さな魔石をはめ込んでいく。

「箱を閉じて、スイッチを入れる」

なんの気配もしない。

「駄目だ。次」

アリスターは次々と魔石を入れ替えていくが、反応しない。

「次はこれ。結界箱に使う魔石ほど大きくないけど、かなり大きいし、バートでも何回か頑張らないと魔力がいっぱいにならないくらいの石だぞ。値段もかなりする」

「この魔石ならなんとか買える値段だ。だが、これで発動しないと、これ以上大きい魔石は俺にはちょっとつらいなあ」

バートが祈るように手を組んで胸にとんと当てた。

「よし、スイッチを入れてと。あ」

ほわんと立ち上がったのは確かに結界だった。

「おお」

魔力を持つものばかりなので、全員何かしら感じたようだ。

私は急いで部屋の隅まで移動した。

「ここまでけっかいきてる。はんい、ひろすぎだとおもう」

「む。ぜんかいより広いけっかいでやったつもりだったが、大きすぎたか」

ニコがさっそく反省点を考えているが、えらすぎる。

だがこれで、ニコが大きい結界にしようとしたために、前回より大きい魔石が必要だったということがわかった。

「それでも俺は、これを外で試してきたい。ちょっと出かけてきてもいいか？」

バートは今すぐにでも外に出たいという勢いだ。

「宿の者は嫌がるだろう。外の宿泊所のあるところまで待てないか」

「うーん。あ」

広がっていた結界は、しゅんと消えてしまった。

「けっかいのおおきさか、じかんか、ひにちか。このみっつのうちのどれかだとおもう」

私は原因を指摘した。

「では時間と日にちは、あとで相談しましょう」

兄さまが私に目配せした。秘密を話しすぎるなということだ。

「わたしはつぎのじっけんをするまえに、けっかいの大きさをちゃんとりかいしたい」

ニコはとても悔しそうだ。

「リアもわたしも、なんとなくやっていて、ちゃんと大きさをきめていなかった。まずそこからだ」

「だろ？　ニコ殿下はさすがにわかってる」

バートが得意そうに自分に親指を向けた。

「だからさ、俺と一緒にラグ竜に乗ってほしかったんだよ」

「たしかに、らぐりゅうのしっぽまで入る大きさは、じっさいにのってみないとわからぬ」

ニコがぎゅっと両手を握りしめている。よほど悔しかったのだろうと思う。

「よし！　じゃあニコ殿下！　今から俺と出発だ！」

バートが嬉しそうにニコを連れて行こうとする。

「いけませんよ」

そして当然のことながら、兄さまに止められている。

「その実験なら昼のほうがいいはずです。しっぽまで目で確認したいなら、そのほうがいいでしょう？　ニコ殿下も、まだ一度目の実験です。焦りは禁物ですよ」

「わかってはいる。だが……」

なかなか素直に言うことを聞かない珍しいニコを見て、私は急いで近寄り、額に手を当てた。

「ニコ、まりょくがおおい、ナタリー!」

王子様でいっぱいの部屋で、部屋の隅に張りつくように立っていたナタリーはすぐにやってきて、ポケットから空《から》の魔石を出してくれた。空の魔石をいつでも出せるナタリー、さすが優秀なメイドである。

「ニコ、このませきにまりょくをながして」

「ああ」

ニコをベッドに座らせて、魔石を握っている手と反対の手をしっかりと握った。

「リア、私の時はそんなことはしてくれなかったのに」

「カルロスでんかはおとなでしょ」

あきれた私は、そんなことを言うカルロス王子がおかしくてフフッと笑ってしまった。

「ニコ、これはたのしいことよ」

笑った顔のまま、ニコに静かに話しかける。

「べんきょうでもないし、おしごとでもないの。しっぱいなんてないの」

「だがな」

「カルロスでんかをみて。あそんでばかりでしょ」

「心外だな」

反論するカルロス王子に私はまたフフッと笑った。

「まりょくがあまるはずないのだがな」

三歳の頃だったらあったかもしれない。だが、その後はいつもきちんとコントロールしてきたのだろう。ニコの魔力が多すぎて困ったことは一度もなかったように思う。

「まりょく、りょうだけのもんだいじゃない。こころがゆれたら、まりょくもゆれる」

「心が、ゆれる？」

「たぶん、あせりすぎたから」

本来は魔道具師が時間をかけてやることだ。いくら優秀な私たちでも、勘だけでやれることではない。

「あと、たぶん、マールライトにそそぐまりょく、そんなにおおくない」

魔力の量ではなく、質の問題なのだ。

「つかっていたつもりでも、まりょくがたまっていくばかりだったということか。ふう」

魔石の色はあっという間に濃くなり、それと共にニコの目が穏やかになった。

「しばらくお休みしましょうか？」

兄さまが心配そうに尋ねてくれる。

「いや、だいじょうぶだ。あすからは一じかんでやってみようと思う」

「リアもいちじかん。あきたらやめる」

一時間集中力が持つかどうかは自信がない。

「そのくらいでいいですよ」

「けど、俺と一緒に竜に乗ろうぜ」

優しい兄さまと違って、バートがぐいぐい来る。

「リアも！」

「わたしものる！」

サイラスという危険を避けて西部に回ったはずの私たちだが、自分たちが想像したよりずっと楽しい毎日を送っていたのだった。


「じゃあ、最初はニコ殿下だな」

「おねがいする！」

気合の入ったニコを、竜に乗ったバートが受け取り、鞍の前に乗せた。

「ゆっくり歩かせてみるぞ」

「キーエ！」

ラグ竜は承知したというようにひと声鳴いた。なんだかニコを乗せたことが誇らしそうに見える。

「キーエ！」

「キーエ！」

あら、小さい子、いいわね。

私ものせたいわ。

ラグ竜の目が私に集まった。私は慌てて首を横に振る。

「リアはいいの。あとでのるの」

「キーエ！」

それはざんねん。

集まってこようとしてたラグ竜が解散したのでほっとする。どうもラグ竜は子どもが好きで困ってしまう。

結界を張ることになるので、ファーランドの人にわからないように、少し離れたところで乗っている。

鞍に乗っていると、籠から見るよりずっと視界がいいはずだ。

ニコの笑い声が聞こえて、前だけでなく、横も、後ろも、きょろきょろとあちこちを眺めているのがわかる。

やがて、バートに抱っこされて、後ろのほうに目をやりながら、ニコの顔が真剣なものに変わったのが見えた。

結界を張ったのだろう。

「バート、うごいてくれ」

「わかった」

バートにしても、ニコを抱っこして両手が手綱から離れているので、ラグ竜を慎重に進ませる。

「すこしはしれるか？」

「ああ。だが、ニコ殿下も首にしっかりとしがみつけよ」

「わかった」

幼児が首にぎゅっと捕まっているのはかわいいものだ。ぜんぜん結界と関係ないことを考えながら竜車で並走してもらっていると、やがてラグ竜のスピードが落ちてバートがゆっくりと止まった。

私も大急ぎで竜車から走り下りた。

嘘です。本当は兄さまに抱いて下ろしてもらった。

「もう少しのっていたかったが、しかたがない」

「実験じゃなくてもいつでも乗せてやるよ」

残念そうなニコは、バートに次の約束をしてもらってしぶしぶと交代した。

「リア、しっぽだ。しっぽにちゅういだぞ」

「しっぽ？」

なんのことかわからないが、引き継ぎのポイントはしっぽだそうだ。

「たかーい！」

ニコが大はしゃぎだったのがよくわかる。背の高い男性に抱っこされて竜の上から見る景色はひと味違った。

「喜んでくれて俺も嬉しいけどさ。結界についてもちゃんとやってくれよ」

「わかってるわかってる」

軽く受け流すと、私は引き継ぎを思い出してまず竜のしっぽを眺めた。いや、しっぽじゃなくて、尾ではないか？

「リア、余計なこと考えてないか？」

「かんがえてないかんがえてない」

トカゲがしっぽだから、竜もしっぽでいいだろう。

「リアはラグ竜に慣れてるから、さっさと走らせてみようか」

「うん！」

「キーエ」

任せて、小さい子。

バートがやる気に満ちたラグ竜を走らせると、しっぽは走るリズムに合わせて左右に優雅に振れている。

「そうだ、けっかい」

「やっぱり忘れてるんじゃねえか」

くつくつと笑い声が響くバートの体にぎゅっと抱きついて、しっぽが入るように結界を張る。

「やっぱりなにかが体を通り抜けていく感じがするなあ」

「それがけっかい」

結界を張ったまま走ると、ラグ竜の揺れに合わせて体も上下し、張った結界も上下する。だが、結界は上にも下にも十分な余裕がある。一番距離があるのは、鞍からしっぽの先なのだ。

「だからしっぽにちゅういか。ふむ」

私は張った結界を大きくしたり小さくしたりしながら、その感覚を体に刻もうと頑張った。

頑張ったのだが。

「しっぽまでがだいじだが、わたしはながさをいわれてもわからない。だからひもをくれ」

ニコにこう言われて、なぜそれを思いつかなかったのかと自分にがっかりしてしまった。頑張ったことが無駄ではないか。

「紐か？　紐をどうするよ」

バートに顔を覗き込まれたニコは、真剣な顔で説明している。

「けっかいはくらからしっぽまでをちゅうしんに大きさをきめる。だから、くらからしっぽまでのながさを、ひもでくれ」

「そうか。ラグ竜が目の前にいなくても、紐の長さに合わせて結界を作れば、大きさの感覚がわかるってことか。ニコ、お前本当に賢いな」

「殿下ですよ、バート」

ニコの頭をぐりぐり撫でていたバートは兄さまにたしなめられて肩をすくめた。

「おっとニコラス殿下だった。リアにしてもルーク、あんたにしても、キングダムの人材は豊かだな」

褒められたのに浮かない顔の兄さまは、ぽつりとこぼした。

「本当に人材が豊かなら、城に攻め入られたり、犯人を逃がしたりはしません」

「お、おう。そういうものか」

バートは戸惑っているが、確かにバートに言っても仕方がないことである。

「キーエ！」

これで終わりなの？

「もうおわりよ」

「キーエ……」

がっかりしたラグ竜が悲しそうだ。

「またあしたものせてもらうから」

「キーエ！」

「あしたもか！」

ラグ竜もニコも喜んでいるので、明日も乗せてもらうことにする。

バートの提案に乗って始めたラグ竜に乗る実験だが、やってみると有意義だった。

夕食後の今日の反省会で、さっそくそれが議題に上がっている。

「ラグ竜に乗ることを想定していたが、鞍の位置はラグ竜の真ん中じゃなかった。結界に頭が入れればいいかと思っていたが、そうするとしっぽが結界からはみ出ちゃうんだよ」

「しっぽまでけっかいにいれようとおもうと、わりと大きくなる。大きいけっかいのためには、大きいませきがひつようだ」

ニコが指摘している。

「しっぽくらいよくないか」

ミルの冗談にバートは厳しい顔をした。

「駄目だ。しっぽだろうと、体の一部でも虚族に捕らわれたら、その時はなんとかやり過ごしても生命は確実に削れる」

バートは顎をかすかにアリスターのほうにしゃくった。アリスターのお母さんは、虚族に襲われても生き延びたが、結局それで命を縮めたのだ。

「すまねえ。ラグ竜の命だって大事だった」

しっぽが出るか出ないかくらいの、いや、出たら駄目なので、結局は今までの結界箱より一回りだけ小さい結界箱を作ることになるのだろう。それもとても面白いが、私はやっぱり小さい結界箱をつくりたい。

そこで、こう提案した。

「だったら、リアとニコと、ちゃんとわけてじっけんしよう。それでまず、つかえるけっかいばこをひとつずつつくるの」

「分ける？　どう分けるのだ」

ニコが不思議そうだ。

「ニコがラグりゅうのしっぽのはいるけっかい、リアがうんとちいさいけっかい」

小さいマールライトがうまく変質しないのが、実はちょっと悔しくてたまらないのだ。ニコばかり成功してちょっとずるいと思う。だからといって、真似もしたくない乙女心なのである。

「うまくいったらいいが、うまくいかなくてもいいんだ、これは」

バートがニカッと笑う。

「だからさ、ニコ殿下もリアも好きにやってくれよ。全力で協力するからさ」

「うん！」

「わかった」

こうして、三〇分とか一時間とか細かいことを言わず、子どもの本気で実験を加速させることとなった。

そこで、夜ぐっすりと寝た後、次の日の実験中に考えてみた。

一時間、結界の魔力を注ぎ続けると考えるといやになるのは、三歳児だから仕方がない。しかも、結界の大きさを想像しながらだから、頭がものすごく疲れるのだ。

だが、私は気がついた。

そもそもマールライトには、魔力を注ぐのではなく、魔力を当てるというのが正しい。だからこそ、ニコも全然、魔力が減っていなかった。

「つまり、マールライトをてにもつか、ポケットにいれるかして、けっかいをはりつづければいいだけ」

実験に飽きてしまった私は、なにかいい方法がないかと考えた結果、出た答えがこれである。結界を張ること自体は、いろいろな経験をして慣れている。

この提案は、兄さまにもニコにも好意的に受け止めてもらえた。

「マールライトの実験は見られてもいいですが、リアやニコ殿下が直接結界を張るところは悟られないようにしましょう。それだけを気をつけて」

兄さまのアドバイスに従って、私はマールライトを左手に握って、竜車に乗っている時だけ結界を張ることにした。その間、おしゃべりしていても遊んでいても自由である。これでだいぶ楽になった。

「ではわたしは、リアがひるねしているときにやってみる」

「そうして」

もっとも、私が昼寝から起きてみると、そこには渋い顔の兄さまとギルが待っていた。

「どうしたの？」

「どうしたもこうしたも」

兄さまが悩み事があるかのように眉間の間を指で揉んでいる。

「おとうさまみたい」

「それは嫌です」

兄さまは無理矢理笑顔を張りつけ、続けてこう言った。

「寝言というのは聞いたことがありますが、寝ながら結界を張るなどということは聞いたことがありません」

私も聞いたことがない。他人事のように聞いていたら、兄さまにあきれたように見られた。

「リアのことですよ」

「え、リア？」

どうやら寝たまま結界を張ってしまったらしい。隣で変質を頑張っていたニコの結界と共鳴して、一瞬結界が広がってしまったという。

「昼ですし、特に問題はありませんでしたが、びっくりしました」

「実験をやるのはいいけど、慎重に、慎重にな」

兄さまとギルに言われてしまったが、寝ている間のことはどうしようもないので困ってしまう。

「まあよい。わたしがリアのひるねのじかんにやらなければいいだけのこと。うまくいかなくてもいいのだからな」

ニコが自分に言い聞かせるようにそう言った。

「じっけんはおもしろいしだいじだが、リアのひるねもだいじだし、あそぶこともだいじ。そうだな、リア」

「そう。おやつも」

私は竜車から首を伸ばして外を見た。お昼寝の後はおやつの時間のはずだからだ。

竜車を止めて、皆で集まり、草原の地面に直接座り、お茶を飲み、お菓子を食べる。

見てきた景色を語り合い、期待に胸を膨らませながら次に泊まる町の話をする。

結界箱の実験は、そのおまけである。

「明日には海の町に着くが、リア、アリスター。本当に大丈夫か」

ヒューが心配そうな顔で確認してきた。

海の町ニクス。

ハンター喰いの島に渡り、大怪我をしたカークを発見し、救い出した町だ。

頼まれて救い出したのに、ケアリーの町長がロクにお礼も言わずに立ち去るなど、あまりいい思い出がないと思っているのだろう。だがそれは半分正解で、半分不正解だ。

私はこくりと頷いてみせた。

「かいと、ジュースがおいしかった」

「確かにな。酒場のジュースはおいしかったよな」

アリスターも真面目な顔で頷く。

「お前らに繊細さを期待した私が馬鹿だった」

「いたい」

「いてっ」

仮にも四侯の子息子女に対してこぶしで頭をぐりぐりするとはなにごとか。

兄さまに助けを求めても見ないふりをされてしまう私であった。

「言っておくが、ハンター喰いの島には渡らないからな」

ヒューに念押しをされる。

「いかないのか！」

ニコが驚いてぴょこんと顔を上げた。どうやら期待していたようだ。

「ニコ。お前はリアに毒されている。王族は普通、そういう危険なところには行かないものだ」

「しかしな。大きなさかなのきょぞくがいるというではないか」

「駄目なものは駄目だ。カルロスも駄目だ」

魚の虚族と聞いて目を輝かせているカルロス王子も駄目と言われてがっかりしている。ファーランドも海のある辺境なのだから、魚の虚族くらいいるだろうに。

クジラの姿をした虚族はバートが倒してしまったが、まだ他にも大きい魚の虚族がいるだろうかと、懐かしさと貝の味に思いをはせる私であった。


そして次の日の昼過ぎのことである。

「ニコ、リア」

昼にはあまり顔を出さないヒューがやってきた。別に私たちに会いたくないわけではない。遊んでいる私たちと違って、旅の手配をしたり、行程の安全確認や旅の進み具合などを管理したりしていて忙しいからである。つまりもてなす側だからだ。

ファーランドに入ってからは逆に楽しませてもらうから気にしなくていいと笑っているので、そんなヒューに甘えて、全力で旅を楽しむことにしている。

「もうすぐ海が見えるぞ」

「ほんとか！」

ニコが背伸びをしたが、地面からでは見えないだろう。ニコはきょろきょろすると、近くにいたバートに目をつけた。

「バート！」

「いいぞ。ほらよ」

バートはすぐに言いたいことを理解して肩車をしたが、そのくらいで見えるわけがない。

「クライド」

「ほいっと」

ちょっと背が高くなるくらいでは変わらない。

「キャ……」

「俺のことも最後まで呼ぼうな。どうせここからじゃ見えないぞ」

キャロが腕を組んで拗ねているが、ヒューは苦笑してニコに話しかけた。

「ニコ。これから竜車で丘を一つ越えたら海が見えてくるからな」

「それをさきにいってくれ」

ニコががっかりするのも無理はない。

私もなんとなく背伸びをしてみたが、草原の中の街道が見えるだけである。前回ニクスの町に行った時は、こちらのケアリー方面の道ではなく、海岸沿いに東に向かう道を通ったから、私もこの道の記憶はない。どうやら海に向かって緩やかに下っていくようだ。

竜車ではなく、ニコはバート、私はクライドの鞍に乗せてもらって、街道をゆっくりと進む。なぜ護衛のハンスではないのかって？

私の護衛のために両手をあけなければならないので、竜の上になど乗せてもらえない。

そもそも、今回の旅に関してはなぜだか責任重大だと思っているようで、ものすごくしっかり警護してくれている。最近あまり笑わないのでちょっと心配しているのは内緒である。

「さあ、この丘を登り切ったら海だぞ」

ヒューの声に期待が高まる。

道の先には空と草原しか見えていなかったはずなのに、きらっと光が反射するようになった。

「うわあ」

ニコが大きな声を上げる。

「いちめんのひかりだ。うみとは水ではなく、ひかりがたまっているのか？」

「そんなわけないだろ。あれは確かに水だけど、午後の日の光を跳ね返してキラキラしているのさ」

光の中に、しみのように黒く見えるのは確かにハンター喰いの島だ。その島の斜め向かいには、大きい漁村がしっかりと見えている。

やがて道をゆっくり下り始めると、日の光の反射が収まり、深い青色が見えてきた。

「あのあおいろのがうみか。めのまえがずーっとうみだ」

「そうだよ」

バートの答えにニコが嬉しそうに微笑む。

トレントフォースから戻ってくるとき、私も何度も海を見た。だが、こうして高いところから正面に海を見下ろしたのは初めてで、ニコと同じように、海の広さに胸がせいせいする思いである。

「ミルスこより大きいな」

「ミルスこがひゃっこくらいはいるとおもう。ね、にいさま」

兄さまのほうを振り向くと、兄さまは私が声をかけたことにも気づかず、まじろぎ一つせず海を見つめていた。

「そうか、にいさまもはじめてなんだ」

兄さまも年齢の割にはあちこち旅をしているほうだと思うけれど、いつも内陸部だ。そういえばこれが初めての海になるのだった。そっとしておこうとしたけれど、ニコが声をかけてしまった。

「ルーク、うみはすごいな！　ミルスこよりずっとずっと大きいな！」

兄さまははっと夢から覚めたような顔をすると、珍しく満面の笑みを浮かべた。

「本当にすごいですね！　早く近くで見てみたいです！」

「そうだな！」

同じくらいの年なのにジャスパーが温かい目でこちらを見ているのは、海のある領地出身だからだ。そのせいか違いのほうが目につくようだ。

「私の領地の海はもっと深い青です。南の海は、同じ青でももっと明るく、緑色に近い気がします」

「ファーランドの海はまた別物なんですね。そっちも見てみたいなあ」

兄さまがそれに楽しそうに答えている。

「リアやアリスターにとっては懐かしい町だな。すぐに着くぞ」

海に行く前に、まず宿である。

ところが、その宿が問題だった。

いや違う。正確にはその宿に問題が起きていた。

「宿に泊められない？　なぜだ。確かに急な話ではあるが、昨日には連絡をしていたはずだ」

その連絡をする役割の人は、あらかじめ決めたコースを先行し、それぞれの町に宿泊の予告をしているのだそうだ。今までの道筋ではそれで特に問題はなかったというのだが、どうやらここでは違うらしい。

「いやね、少し前のことなんですがね」

そう話し始めたのは、前にも会ったことのあるニクスの町長である。

「その前に、淡紫のお嬢さんに挨拶をさせてくださいよ」

町長はニコニコと私の前にかがみこんだ。

「やんちゃな赤んぼだったが、こんなにすぐに再会できるなんて思ってもみなかったですわ。夏青のあなたも」

アリスターにも気がついて、かがんだまま目礼している。失礼なのかもしれないが、親しげな態度に嫌みは感じられない。

「あいかわらずかわいらしい。お元気でしたかな」

「うん！　リアもおぼえてる。またおいしいおさかなたべたい！」

「そうでしょうそうでしょう。宿は手分けして探しますから、心配しないでくださいよ」

ニコニコと宿の保証をしてくれた町長だが、町で一番大きい宿屋は、宿泊はできないらしい。

「なんでそんなことになっているんだ」

「すみません。話の途中で」

町長はよっこらしょと声をかけて体を起こすと、話し始めた。

「もともと大きな宿一つに小さな宿もいくつかあるくらいの町だってことはご存じでしょうが、ある日その大きな宿に、虚族が侵入しましてね」

「なんだと！」

辺境の町は夜には虚族が出る。ウェリントン山脈のそばが一番多いが、海辺のこのあたりも、それなりに出たはずだ。それはつまり、各家の虚族対策はしっかりなされているということにほかならない。

「幸いだったのは、人の起きている時間だったことと、泊まっていた客がハンターだったことでして。侵入してきた虚族はすぐに斬り捨てられましたが、いやはや、室内で虚族が出るなどという恐ろしいことは初めての経験でしたよ」

町長が経験したわけではないにしても、身近でそんなことが起きたら恐ろしいだろう。その話をする町長の顔色は先ほど挨拶してくれた時に比べてずいぶん悪くなっていた。

「原因は解明されたのか」

「はい」

町長は大きく頷いた。

「客室の窓枠に使われていたローダライトが欠けていたんですよ」

「ばかな。宿なら特にそういうことは注意しているだろうに」

「もちろんです。ですから、劣化ではなく、明らかに故意にやられたんですわ」

「故意……。いったい誰がなぜそんなことを」

建物の出入り口にローダライトが使われていることで、虚族の侵入を防ぐことができる。だから辺境であっても人はなんとか暮らしてこられたのだ。

逆に言えば、辺境で建物のローダライトを故意に破損することは、大量殺人を意図するのと同じことであり、禁忌である。決してやってはいけないし、やろうと思う人がいるということすら想像できないレベルなのだ。

「幸いと言っちゃあなんだが、小さい宿も町の一般の家も無事でした。だが、修理するためのローダライトの在庫が切れていましてな。ケアリーに買いに行かせているところなんですわ」

「ローダライトはトレントフォースが産地じゃなかったか？」

「トレントフォースまでは二週間かかりますし、この先は道が狭くて危険ですからな。急ぎのものならケアリーのほうが近いし、確実になんでも手に入りますから」

ヒューは少し苦い顔をした。どうやらケアリーの町長が捕まったという情報はまだこの町までは届いていなかったようだ。

「犯人は。疑わしいのは宿に泊まっていたハンターだが」

「いえ。その時町に泊まっていた人はすべて調べましたが、疑わしいものはおりませんでした。犯人がわからないのは私らにとっても不安ですが、今はまめにローダライトを確認する以外できることはないんですわ。それと、ローダライトは多めに買いに行ってもらってます」

不安材料はあるものの、以前泊まった時のように、町長や町の人にも割り振ってもらって、宿を確保することはできた。

「あの、ヒュー」

ひとまず宿に落ち着いた後、兄さまが少しためらうようにヒューに話しかけた。

「この状況があまりよくないということはわかっています。ですが、私は海が見たい」

「わたしもだ！」

ニコが兄さまに便乗する。本当は時間があったはずなのだが、宿を決めるばたばたで遅くなってしまったのだ。

ヒューはちらりと外を眺めると、首を横に振った。

「もうすぐ日が暮れる。宿のことがなくても、今日はだめだ」

「ほんの少しでも？」

兄さまが粘っているが、ヒューは絶対に許してくれなかった。

だが、がっかりした兄さまを見かねたのか、それとも最初からその予定だったのか、ヒューは先の予定を変更する予定だと告げた。

「この先は海と山に挟まれた狭い道が続く。この町は一泊でよかろうと思っていたが、二、三日滞在して、先の予定をゆっくり組み直そうかと考えているんだ」

私も兄さまの隣で聞いていて、思わず笑みがこぼれた。

「いちにちじゅう、あそんでもいい？」

昼前には出発とか、そういうことを考えずに一日中海で遊べるのだ。ヒューはわずかに口の端を上げて頷いた。

「ああ」

「やった！」

「やった！」

ニコと二人で跳ねていると、ヒューは今度はもうすこしはっきりとわかる笑顔になった。

「せっかく結界箱をたくさん持ってきたのだから、夜の海も眺めようかと思っている」

「今日は？　結界箱を使っていいのなら、今日でもいいのでは？」

慎重な兄さまには本当に珍しく前のめりである。

「きちんと準備をしてから。明日だ」

それでも断るヒューもすごい。わたしなら兄さまにお願いされたらすぐに言うことを聞いてしまいそうだ。

その日は念のために、使用人も含めて、部屋ごとに結界箱が配られた。たくさんの結界箱を毎晩使っても、平気で魔石の補充ができる人材がごろごろいるのだ。いくらでも使えばいいと思う。

「けっかいばこをつかえば、おおきいやどやでもよかったのでは？」

「結界箱を使えるっていうのは秘密だぞ、リア」

ギルがシーッと人差し指を口に当てた。

「人によっては喉から手が出るくらい欲しいものなんだ。それがたくさんあるなんて、うかつにしゃべっちゃだめだ」

「はーい」

私は素直に返事をした。

だが、やはり残念である。あちこちに分散して泊まると、夜の集まりができないではないか。

そういうわけで、今日は町長の家の客室に、兄さまと二人きりなのである。もちろん、ナタリーとハンスは控えている。よく考えたら、オールバンスの家族しかいないというのも、落ち着いていていていものだ。

「そういえば最近は、ニコ殿下の実験の話ばかりですが、リアのマールライトはどうなりました?」

「それがね」

私はふうとため息をついた。

「ちいさいマールライトは、なかなかへんしつがあんていしなくて」

私はポケットから毎日一時間、変質を試しているマールライトを取り出した。

私の小さい手のひらに収まるくらい小さいマールライトの板だ。

「いつもためしてみてるけど、よるにはへんしつはきえてるの。ほらね?」

私はマールライトに魔力を流してみせた。

「あれ」

昨日まで感じられなかった変質が、今日はできている気がする。

「もういちどまりょくを。うん」

確かに結界の変質ができている。

「ナタリー?」

「いえ、ここはルーク様かと」

「そうだった。にいさま、いま、ませきもってる?」

「持っていますよ」

兄さまは荷物から布の塊《かたまり》を出すと、丁寧に開いた。魔石が小さい順にきちんと並べられている。もちろん、どれも濃い紫だ。

「ニコ殿下のマールライトが発動するのがこのサイズです」

兄さまが大きい魔石を取り上げた。

「ううん、ちいさいほうからやってみる」

「箱がありませんが」

実験の箱は、アリスターが用意してくれている。

「いらないの」

要はマールライトとローダライト、そして魔石が重なればいいのだ。

私は一番小さな魔石をもらい、椅子に座ってテーブルの上にマールライト、ローダライトを重ね、その上にポンと置いた。

兄さまは私の隣に立ち、興味深そうにそれをのぞき込んでいる。

「いちばんちいさいの、だめ。つぎ」

兄さまに小さい魔石を渡し、次の魔石をもらう。

「にばんめにちいさいの、だめ。つぎ」

次の魔石は、明かりに使うもので、比較的手に入りやすい大きさだ。

「みっつめにちいさいの。わあ」

テーブルを中心に小さい結界が立ち上がる。

結界は私をしっかり覆っているが、兄さまは手を横に伸ばして不思議な顔をしている。

「結界の境目が私の体の中にあります。頭と足は結界の外に出ていて、ちょっと変な気持ちがします」

「俺のところには来てないです」

「私もです」

少し離れたところにいたハンスとナタリーが報告し、少しずつ近寄ってきた。

「ここだ」

「ここですね」

テーブルを真ん中に、兄さま、ハンス、ナタリー。

きゅっと寄り集まったその線をつなぐと、結界の範囲がわかる。

「ちょうど、ひとひとりぶんくらいだ」

「リア。これは……」

まさか成功するとは思わなくて、私も兄さまも戸惑いの気持ちが先に立つ。

しかし、ハンスは違ったようだ。

「リア様。それを俺に渡してくれませんか」

「ハンスに？」

「はい。俺はバートと同じくらいの体格です。俺がベルトのところでこの結界箱、いや、箱じゃないが、それを持ったら、結界が人を中心にどこまで広がるかわかりやすいでしょう」

私は兄さまが頷いたのを確認して、一度魔石を外した。

「さきにマールライト、ローダライト」

ハンスに一つずつ手渡していく。

「これを体の前に持ちますぜ」

ハンスはマールライトとローダライトを重ねたものを、ちょうど腰のベルトの位置で手のひらに載せた。

「そのそのうえに、ませき。はい」

「載せます」

ふおん、と結界が立ち上がる。

「ナタリー、うえをかくにんして」

「はい」

ナタリーが背伸びし、手を伸ばしてハンスの頭の上で手をひらひらとさせる。

「あ、このくらいです。このくらいで結界が切れています」

ハンスの上十五cmから二〇cmくらい、つまりベルトのところから一メートルちょっとということになる。

「半径およそ一メートルの結界ということになりますね」

「俺一人、ちょうどはいるくらいだな。前方は意外と余裕があるが、手を伸ばすと、頭の上は結界から手が出ちまう」

　ハンスはそのまま狭い部屋を二歩ほど歩いた。

「歩いても結界に入ったままだ。ルーク様」

　振り向いたハンスの顔は呆然としていた。だが私は少しむっとした。そこはルーク様ではなくて、リア様と呼びかけるべきではないのかと。

「これは夜の世界を変えますよ」

「そんなにですか？」

「ええ。ラグ竜ごと覆える結界箱は追跡には便利だが、使う魔石がでかいです。だが、これは大きめの明かりの魔石で使える。確かに結界の範囲は狭いが、おそらく虚族を跳ね飛ばしながら、まるで昼間と同じように歩いて行ける。つまり」

　ハンスの喉がごくりと大きく動いた。

「辺境であっても、虚族など、初めから存在しないものとして行動できるってことですぜ」

　ハンスと兄さまは、目を見合わせたまま言葉もない。

　それを作ったの、私なんですけど。

　そう声をかけたくても、とてもかけられる雰囲気ではなかった。

　私はそっとナタリーに目を向けた。

　ナタリーはナタリーにできる最大の笑顔でニコリと微笑み、大きく頷いてくれた。

　それは作った私が置き去りにされて悲しいこの状況に差す、一筋の光だった。勇気をもらった私は、ハンスと兄さまに割り込んだ。

「ハンス。それ、リアがよいものをつくったってこと?」

いつまでも置いてきぼりではいられない。私の作ったものだからだ。

「それに、まえもいったけど、てのとどきそうなところにきょぞくがいたら、こわくてへいきであるけないよ」

何度も言うが、虚族にやられてしまう一番の理由は、恐怖心と焦りゆえである。

「普通の民は怖がるだろうが、バートたちのようなハンターやヒューバート殿下の護衛などは大丈夫だと思いますぜ。それに」

ハンスは重ねた結界の仕組みを載せた手を、腰のベルトのところに移動させた。

「これだけ小さければ、箱と違ってベルトにしっかりとくくりつけることができる。そうすれば、走っても転んでも両手が使えるし、体から結界が外れることはない。問題はこの小さい魔石で一晩結界がもつかどうかってことなんです」

「それは検証してみないといけませんね」

兄さまがそう提案したということは、私の小さなマールライトは、実用実験に入っていいくらいのいいものだということになる。

「でも、ひとばんじゅうおきてるのたいへんよ」

「リア、結界箱は昼でも使えますよ。使う必要がないだけで」

「そうだった」

「じゃあ、リア様」

ハンスが私の前にしゃがみこんだ。

「明日から、俺が使ってみます。どうやってベルトに着けるか考えなきゃなんねえが」

「ハンカチで十分ではありませんか？　それか、革ひもを十字に巻くか。あるいは、リア様のぬいぐるみみたいに綿をたくさん詰めたポーチもありでしょう」

ナタリーの提案はとても実用的だった。

「そんなに思いつくなんて、さすがナタリーだな」

「伊達にリア様の専属ではありませんからね」

ナタリーが鼻高々である。ただし、それがなぜ私の専属という言葉に結びつくのかはわからない。

「実践に使うなら、布も革も弱すぎて、マールライトやローダライトが折れちまう可能性があるが、試しならそれで十分だ」

ハンスの言葉になるほどと思う。それで熱や明かりの魔道具も、基本形が木の箱なのかと今ごろ納得である。

「でも、ためしなら、バートがやりたいっていうよ？」

そもそも一人用の結界が欲しいと言ったのはバートだ。

ハンスは口元を片方だけ上げて、ニヤリと笑った。とても悪い顔だ。

「バートが欲しがったのは、ラグ竜に乗ったときに乗り手とラグ竜ごと覆える結界箱でしょうが。人一人覆えるやつを求めてはいなかったですよねえ」

「それはそうだけど」

なんだか嬉しそうなハンスに、詭弁《きべん》ではないかとは言いにくいのだった。

「それに、この実験は、そもそもバートに依頼されたものではなかったはず。リア様が皆にお金を払って、自分でやっていることでしょう」

そうだった。きっかけはバートの依頼だったが、それは一度なしになり、改めて私が、ある意味趣味で始めた実験なのだ。

「そもそも、バートが欲しがった理由は、ヒューバート殿下のために働きたいからだろ。けど、リア様の作った魔道具なら、まずリア様を守るために俺が使うべきでしょうが」

「う、うん」

珍しいハンスの強い口調に私はちょっと引き気味に返事をした。

「そうでしょう？」

「はい！　そうです」

念を押されたので、私は思わず背筋を伸ばした。

「先のことより、今の危険だ。なんで皆こんなにお気楽なんだか」

ぶつぶつ言っているハンスの批判の中に私は入っていないと思う。兄さまがそんな私を見てクスクスと笑っているが、いつもと違うハンスがちょっと怖いので、笑っていないで助けてほしいくらいだ。

「リア様」

「な、なに？」

私はちょっとびくびくと返事をする。

「できるだけたくさん、このマールライトを作ってくれませんか。もちろん、遊んでいる隙間でいいんです」

「うん、わかった」

「ありがとうございます」

ハンスは即席の結界の魔道具から魔石をそっと外し、それを兄さまに、マールライトとローダライトは私に、それぞれ手渡した。

「明日の朝、もう一度預かります。ナタリーはハンカチを貸してくれ」

「まさか持っていないんですか？」

「ハンカチなんて持ってねえよ。俺の持ってるのは手ぬぐいだ。しかも汚れてる」

「まあ、あきれた」

思いがけず、明日からやるべきことが増えてしまったが、少なくとも小さいマールライトはついに変質した。短時間でも、小さい魔石で結界を張ることができることが証明されたのだ。

私は満足した気持ちでぐっすりと眠ることができた。


次の日は、朝食の後すぐに海岸で遊べることになった。

「その前に、昨日使った箱はすべて魔石を充填するので、朝食後すぐに俺の部屋に持ってきてくれ」

ギルが連絡事項として皆に通達している。

「ですが、まだ何日ももちますが」

ヒューの従者が思わずといった感じで疑問の声を上げた。

「万全を期しておきたいんだ」

万全というのがどういう状況かはわからないが、魔力切れで結界箱が使えなかった経験は私にもある。あれは確かに怖かった。万が一ということがないようにしたいという気持ちはよくわかる。

「まさかそれを全部お一人で？」

「俺を誰だと思っているんだ」

あきれた顔のギルは四侯の一つリスバーンの後継であり、二年後にはキングダムの結界の維持の仕事につく。既にその魔力はキングダムを支えるに足るものになっている。

ちなみに、内緒ではあるが、兄さまもお父様の代わりができる力を既に持っているそうだ。

私？　私はまだそんな力はないし、アリスターにもないそうだが、それでも繊細な魔力操作の力を持っているからいいのである。

「そうだ、アルも一緒に来てくれ」

「俺が？　まあいいけどさ」

アリスターにも魔力を入れさせるのだろうかと思ったが、それは二人で相談して分担すればいいことだ。

それより海である。

ワクワクの止まらない私たちだが、海はほとんど経験のない警護のものだけでは安全が確保できないことから、漁村の人が手伝いに呼ばれていた。

「よう、淡紫のお嬢ちゃん」

片手を上げている人には見覚えがあった。

「あ、せんどうさん！」

「船頭さんってなんだよ。間違ってないけどよ」

笑って私を抱き上げてくれたその人に、普段なら油断なく目を光らせているハンスが見当たらないのが珍しい。代わりに兄さまが心配そうな目を向けている。

「おっ、こっちが兄さんか。そっくりだな」

そっくりだと言われて嬉しかったのだろう、兄さまの緊張が緩んだ。兄さまもまだまだ子どもである。

「せんどうさん、ちょうちょうのむすこ」

私は覚えていたことを説明してあげた。兄さまはほっとした顔で昨日の宿泊の礼を言っている。

「町長の息子さんでしたか。昨日はお世話になりました」

「いやいや、宿は面倒なことになって、困ったもんです。いったい誰が何のためにやったんでしょうね」

「わからないだけに、不安ですよね」

世間話をしながら、海に向かう。

「こんどはりゅうしゃ、のらないの？」

確か前回は桟橋《さんばし》まで竜車で移動したはずだ。きょろきょろしていると、船頭さんが説明してくれた。

「今日は舟に乗る予定はないからな。桟橋まで行かずに、砂浜で遊ぶといい。ちょうど貝の採れる季節だからな」

「ニコ！　かいだって！」

「かいか！　それはいい！」

ニコが私につられて喜んだが、すぐに首を傾げた。

「ところで、かいとはどんなものだ？」

「そこから？」

でも、考えてみれば、王都では貝は干したものをスープのだしにするくらいしか使わないし、昨日の夕食でも貝は出なかったように思う。

「じゃあせんどうさん、リアとニコはまずかいをとりたいです！」

「とりたいです！」

ニコと二人でぴしっと右手を上げると、船頭さんはプハッと噴き出した。

いつもならそれはハンスの役割なのだが、なにやら生真面目なハンスはようやっとやって来たかと思えば、離れたところで私たちを見守っているだけだ。

「私もとりたいです」

兄さまも小さくはいと手を上げた。

「全力で用意しますとも」

なぜ兄さまにだけ丁寧なのかと問いたいが、そのおかげで私たちにも貝を採る道具が用意されるならそれもよかろう。

「リア！　ルーク！　こっちだ！　大きななみがきてる！」

気がついたらニコが海のほうに走っていっている。

「まって！」

護衛がいるから大丈夫だろうが、ゴロゴロした石交じりの砂浜は走りにくい。

「うわー！」

ニコが立ち止まって大きな声で叫んでいる。

「ミルスこでは、なみがちゃぷちゃぷしているだけだったのに」

ザザーンと音を立てて寄せてくる波は、目の前に大小の島があるせいか、思っていたよりずっと静かだ。それでも湖の小さな波と違って、幼児の一人くらい巻き込んで海に連れて行ってしまいそうな勢いだ。

「あれが、ハンター喰いの島」

はしゃいでいる私たちの後ろで、兄さまの静かな声が聞こえた。

波から目を上げると、島が目に入った途端にざわりといつもの気配がする。

「きょぞくか」

いつの間にかニコも島を見つめていた。

「うん。いわのしたのくらがりに、ひるでもきょぞくがいるの」

「それでこんなにけはいをかんじるのだな」

ザザーン、ザザーンと波が寄せて返す音がする。

「リアは、あそこまで行ったんですね」

「うん。ひとばんとまった。ミルのスープがおいしかった」

思い出はいつも食べ物の記憶と共にある。

「ふふっ。リアらしい。ですがぞわぞわしていては、海は楽しめませんからね。気にしないようにしましょうか。そもそも貝とはどこにあるのでしょう」

兄さまはまったく見当がつかないようで海のほうばかり見ている。

「すなのなかよ」

私は砂のところを見渡して、ぽつりぽつりと穴のあいているところを指さした。

「あそこのあなのしたにいるの」

「さて、お嬢ちゃんの言う通りかどうか、これを使って砂を掘ってみな」

いつの間にか船頭さんが熊手《くまで》と桶を用意してくれていた。

「こんなふうに」

と砂を掘るお手本を見せてくれたので、一生懸命熊手で砂を掘っていく。

「あっ」

かちりと何かが熊手に当たった感触がする。それを小さい手でぎゅっとつまんで引っ張り出す。

「貝だ！　大きい！」

てっきりアサリくらいの貝だと思っていたら、小さいハマグリくらいの大きな貝だった。

「お嬢ちゃんの探し方で正解だ。空気穴の開いているところを見つけて、そこを掘るんだぞ」

いつの間にかジャスパーもギルもカルロス王子まで参加して、夢中で貝を掘っている。

「ジャスパーは、うみにはなれてるでしょ？」

私は段々慣れてきて、世間話をする余裕まである。

「うーん、私の領地の海は、あまり砂浜がないんですよ。貝といえば岩に張りついているものをこう、刃物や鉤《かぎ》でかきとることが多くて。こんなふうに砂を掘るのはやったことがないんです」

「いわにはりついてるかい……」

それは牡蠣ではないだろうか。

「おいしそう」

「おいしいよ。私は焼いたのが好きなんだ」

「リア、ファーランドにもいく」

兄さまが明るい声でハハハと笑った。

「リアは食べ物につられてどこにでも行きそうですね」

「にいさま、やいたかい、ぜったいおいしいよ」

「そうですね。食べにいきたいですね。でもまず」

兄さまは砂をがしがしと掘り進めた。

「ここの貝を食べてからです」

「うん！」

「うわあ！」

少し離れたところで大きな声を上げたカルロス王子は、海に近づきすぎて波に巻き込まれたようだ。

ズボンがびしょぬれになっている。

「カルロス殿下らしいですね」

兄さまがおかしそうに感想を述べた。

「ルーク。悪口が聞こえたようだが」

「天真爛漫《てんしんらんまん》でよいですねということです」

「絶対に違うだろ」

春の海はまだ冷たい。それをきっかけにいったん休憩ということで、一番大きな宿にお茶の用意がされることになった。

「かいはいつたべる」

ニコが椅子に腰かけて足をブンブンしながら宿の者に聞いている。

「砂抜きをしますから、夕ご飯には食べられますよ」

「おいしいのか」

「おいしいですよ」

「たのしみだ」

自分で採った貝はきっとおいしいに違いない。

「リアは、あとはかいがらといしをひろうの」

波打ち際には打ち寄せられた貝殻やきれいな石がたくさん落ちていた。

「石か。なげるのか」

「なげてもいい。でもあつめてながめるの」

「私は、ただ波を眺めていたいです」

兄さまも楽しそうだ。

「俺は遅れて参加だから、貝を掘る」

ギルが悔しそうに宣言した。

「明日の朝の仕事はルークがやれ」

「わかりました。代わりばんこですね」

旅に出てもお仕事、ご苦労様である。

お昼ご飯を食べてから、私は波の届かない岸辺を、下を見ながらひとりでゆっくりと歩いた。ニコも兄さまも、未だに波打ち際で貝を掘ったり波と戯れたりしているからだ。

「かいそう、かいそう、りゅうぼく、かいがら」

砂の上には波に打ち上げられたいろいろな物が落ちている。

「リア様は何でも知っていらっしゃいますね。私は海藻などというものは知りませんでした」

普段は余計な口を挟まないナタリーだが、こうして誰もいないときは話し相手になってくれる。

「たぶん、たべられる」

誰もいなかったら拾って食べてみるのだが、私の周りに誰もいないということなどないのである。

「ブフォッ。こんなものまで食べようと思うなんざ、さすがリア様だな」

三人で歩いているせいか、ハンスにも少し余裕が出てきたようだ。腰のベルトには淡いピンクでレースのついたハンカチにくるまれた何かが雑にくくりつけられている。

「それ」

「リア様の結界箱です。朝から実験中ですが、まだ動いていますよ。ハンカチでくるんでいるだけですが、ずれもしねえ」

小さいマールライトは、変質に時間こそかかったものの、無事にその役割を果たしているようだ。

「今朝のことですが、ギル様からアリスターに話を通してもらって、これを納められる木箱を工夫してもらってるとこです」

「アリスター」

私は波打ち際に目を向けた。

「アリスター、あさからあそんでない」

なんとなく物足りない気がしたのは、アリスターがいなかったせいだった。

「リア様、俺も別に、アリスターを急かしたりしてませんよ。海で遊んで、時間があったらでいいからって頼んだだけなんです」

ちょっとハンスを責める気持ちになっていたので、そう説明されてほっとした。

「なにより木工が好きだから、そんな話があるなら、海で遊ぶよりそっちがいいと言って、部屋にこもってしまってな。ちょっとタイミングは悪かったなあ」

ハンスも反省はしているようだ。

「けど、バートたちと一緒に海で遊んだこともあるから、気にするなとリア様に伝えてくれと言ってましたぜ」

そう言われて眺めてみると、バートたちは余裕の表情で遊んでいる面々を眺めている気もする。護衛もお仕事の一つだからかもしれないが、ミルあたりはそれでも率先して遊んでいそうなのに、そんなそぶりもない。

よく見てみると、ヒューもいない。

「ウェスターの第二王子はちょっと堅苦しくて面倒くさい男だが、間違いなく優秀だと俺は思うぜ。特にケアリーを出てからこっち、ファーランド一行もルーク様たちも、ちゃんと旅を楽しめてるじゃないですか」

その言葉を聞いて、頼もしいというよりむしろ寂しい気持ちになってしまったのも仕方がないと思う。バートもミルもキャロもクライドも、そしてアリスターも、いくら私に優しくて変わらず大事にしてくれたとしても、それは私の保護者だからではなく、優秀な第二王子の部下だからということだからだ。

「けど、ウェスターの人たちは、虚族には敏感でも、人の悪意には少々うとい。それが裏目に出なければいいが……」

「ハンス、それをここで言ってどうするのです。リア様に余計なことを言うものではありません」

「わかったよ」

ハンスとナタリーの気安い言い合いを背中で聞きながら、私はしゃがみこんで貝殻を拾った。

「ほら、みて。ピンクのかいよ」

「まあ、かわいらしい。春の花のようですね」

「うん。こうして」

五つ並べたら本当の花びらのようだ。

「ま、なんだな」

ハンスが石を拾ってしゅっと海のほうに投げた。

「ウェスターも、なかなかいいところだな」

「ええ、本当に。辺境など、蛮族の出る恐ろしいところだとずっと思っていました」

これが普通のキングダムの民である。

夜に外に出られないだけで、人の営みはキングダムでも辺境も同じだ。

「リアも、きてよかった」

そうして手を腰に当てて、楽しそうな兄さまたちを眺めたのだった。


だが旅はまだ終わったわけではない。そして、今日という日もまだ終わったわけではなかった。

私がお昼寝から起きて部屋を出ると、宿がなんとなくバタバタしていた。

「リアはおきたか?」

待ち構えていたという雰囲気でやってきたのはニコだ。

「ニコ、へやにいたの？　うみであそんでるかとおもった」

「うむ。あそびたくはあったが、マールライトのこともわすれてはならぬからな」

どうやら私が寝ている間、別室でしっかりとマールライトの変質を頑張っていたらしい。

「やはり、一じかんというのはたいせつなようだぞ」

「へんしつした？」

お互い声が小さくなっているのは、秘密の話をしているからである。

「ああ。一じかん、みっかだな。だが、それはべつにいい」

何がいいのかわからないが、ニコの声が弾んでいる。

「こんばん、そとですごしていいそうだ」

「ほんと？」

私はぴょんと飛び上がった。自分も嬉しいが、なにより夜の海を兄さまやニコに見せられるのが嬉しい。

「普通は怖がるもんなんだがなあ。キングダムのお貴族様は子どもも変わってるな」

「せんどうさんだ」

宿の中で顔を合わせるとは思わなくて少し驚いた。隣に兄さまもいる。

「俺も一緒に過ごさせてもらうことにしたんだ。夜に安全に外に出かけられる機会なんて、初めてかもしれないくらいだからな」

「いっしょ！　たのしい！」

「俺は怖いよ」

それが普通なのだろう。

「泊まりはしません。ですが、昼間に遊んだところにテントを張り、結界箱を置いて夕食と夜景を楽しもうという計画だそうです。この間からヒューが大盤振る舞いですね。ケアリーまでとは別人のようです」

ケアリーに行くまでも、夜に虚族の実験に付き合ってくれたりと、いろいろ融通《ゆうずう》はきかせてくれたと思うので、その評価は気の毒な気がする。

「ヒューがこんどうちにきたら、いっぱいおもてなしする」

「うちにきたら……？」

兄さまが不思議そうな顔をした。

「いっぱいいろいろしてくれた。おかえししないと」

身分の高いお客様が危険を顧みずにわがまま放題。客観的に見ると、私たちはこんな感じなのだ。

「そうですね。感謝の気持ちを忘れていたかもしれません。お父様でもあるまいし」

それもお父様に失礼だと思う。

そんな私たちは、日が暮れる前に、波の届かない平たい場所にテントを張った。誰かが寝るわけではなく、ここを中心とするという意味なのだそうだ。

町の人にも声をかけたそうだが、わざわざ虚族を見たい人はそんなにいなくて、町長とその息子の船頭、そして何人かの漁師の人だけが参加した。

「日が暮れそうになると、早く家に帰らなきゃって心臓がばくばくするぜ」

わかっていても不安が顔に出る。だが、ほのかに期待も見えた。

明るいうちに夕食を済ませると、ザザーン、ザザーンと寄せては返す波の音に耳を傾ける。

やがて日の光が完全に消えると、暗闇と共にヴンと体に響く気配がする。と同時に、ニコが大きな声を上げた。

「大きなさかなだ！」

気配の先には、イルカに似た大きな魚が宙に浮かんでいた。いきなり大物である。

「嘘だろ。海から虚族がやってくるだと。海には出ないはずなのに」

町長の息子が思わず立ち上がった。だが私は知っている。あれは海から来たのとは少し違う。正確には海から頭だけ突き出ている小さな岩場から発生した。

「虚族は水を苦手とする。だが、あの岩場から浜辺くらいまでの距離なら移動できるようだな」

バートが指さしたのは、私が見ていた岩場と同じところだった。

「あそこから出てたのか」

「それだけじゃないぞ」

大きな魚が空中をふよりと移動するのに気を取られていたが、波の際を跳ねるように魚の群れが泳ぎ、草原のほうからはネズミがやってくる。

静かなはずの夜の海辺は、思いもよらない姿をした虚族でいっぱいだった。

「あれはきょぞく、あれはきょぞく」

ニコが自分の手をぎゅっと体に巻きつける。

「てをのばしてはいけない」

大きな動物なら、あるいは人型なら怖いという気持ちも湧く。だが小さいネズミや宙を泳ぐ魚なら、触ってみたいと思ってしまう。ニコは自分の経験から、危険を理解しているのだ。

「こんなに小さい物ばかりだと、狩る気にもなれねえ」

バートはローダライトの剣の柄にかけた手を外した。

「窓から海を眺めることはあった。だけど、こんなに間近で夜の海を見たのは初めてだ。美しいものなんだな」

イルカは十分大きくはないかと考えていた私とは違う、船頭さんのまともな感想である。

「夜の海は、虚族でさえ美しい。王子さんじゃないが、結界がなければきっと手を伸ばしてしまうだろうな」

生き物の気配を感じるのか、寄ってくる魚の群れが結界に弾かれて違う方向に流れていく。

「まるで海の中にいるみたいです」

「うん」

海の底から、海面を見上げているみたいだ。

「海のほうを見てみろよ。ああやって魚の虚族ができあがるんだ」

小さい魚の群れがいるのだろうか、飛び跳ねた魚が次々と魚の虚族に捕らえられ、命を失いそのまま海面に落ちていく。

それは幻想的ではあるが冷たい世界でもあった。

「そろそろ戻るか」

虚族に魅入《みい》られた沈黙をヒューが破る。

「そうですね。夢から覚めた気がします」

兄さまは、懐から結界箱を出すと、他の人に見えるように胸の前に構えた。

「まず町の人から送っていきましょう」

「いや、お嬢ちゃんたちが先でいい」

「いえ、リアたちならここで大勢に守られているほうが安心ですから」

船頭さんたちは遠慮しながらも先に帰っていく。

「残りの私たちも宿ごとに移動だ。さあ、テントをたため」

ヒューの声を合図に、少しぼんやりしているニコの手をしっかりと握る。

「よるのうみは、すごかったな」

「うん」

「まっくらなのに、うみはきらきらして、なみは白かった」

「そうだね」

虚族だけでなく、夜の海そのものを楽しめたならよかった。

その日部屋に戻ると、ニコだけでなく兄さまもはしゃいでいて、夜の海について語る言葉が尽きることはなかった。
なかったのだと思う。途中で記憶がなくなったので自信はない。

第四章

難所再び

それからもう一日滞在して、海の町ニクスとはお別れだ。

その後もう一つ少し大きめの町に滞在したら、いよいよ私が襲われた狭い難所を通ることになる。

「あの時は、常についてくる気配があって、襲撃は予想できたが、今度は全然そんな気配はないから心配しなくていい」

ヒューにはっきりそう言われた私はすごくほっとした。あの時は結局は無事だったけれども、人を傷つける剣を実際に向けられたのは初めてだったので、とにかく怖い体験だったのだ。

「それでも十分に準備を整えるぞ。ここにも数日滞在して、在庫を確認しよう」

なんの在庫か気になったが、それはヒューに任せることにする。

しかし、ここでもやはり宿を探すのが大変だった。

「ここもローダライトの窓枠が壊されていると?」

「町にあるだけのローダライトでは足りなくて、今、トレントフォースとケアリーの両方に人をやっているところなんです。まだ戻ってきませんけどね」

それでも事前に手配の人を派遣していたおかげで、全員泊まれるだけの宿は確保できた。

「お使いの人は、先の宿を確保しなければならないと、急いで旅立ちましたよ」

先に移動してくれている人はとてもご苦労様なのだった。

「少なくとも二つの町がこういう状況なのは問題だな。これは兄上に報告して、調査してもらわねばなるまい」

もしかしたら自分自身が調査したいのかもしれないが、ヒューには私たちを西部で守るという使命がある。歯がゆくてもしっかり切り替えをしているようだった。

「この町の特産はウェリ栗だぞ」

「リアの大好物ですね！」

ヒューの言葉にニコニコと返事をしている兄さまは、だいぶ変わったと思う。

以前は、私とウェスターを結びつけるものをなんでも嫌っており、話を聞くのも嫌だという雰囲気だった。

だが、ウェスターも二度目で、しかも今度の旅は、偶然ではあるが、私の以前の旅を反対側からなぞるように進んでいる。私の旅を追体験していることが、兄さまに安心感をもたらしている気がする。

この町にも数日滞在して、いよいよ難所に出発する前の日の夜のこと。

ニコの実験が少しだけ成功し、すぐに変質が消えてしまった日からもう一〇日以上たつ。

夜の集まりは、その日の思い出を語らい、次の日に何をするかを話し合う楽しい場になっていたが、ニコの実験については、あの日以来特に話すこともなかった。

だが、この日はニコが胸を張った。

「この一〇日のあいだ、わたしはずっとマールライトのちょうせいをしてきた。さあ、バート。ラグりゅうにのって、ぴったりのおおきさかどうか、ためしてもらおうではないか」

腕を組んでニヤリとしているニコは自信満々だが、私も応援隊としてニコの隣で腕を組み、胸を張っている。

自信満々なのは、実はもう数日前に成功しているからなのだ。

ニクスの町を発つ頃にはもう、マールライトは安定した結界を作れるようになっていた。ただ、魔石だけはどうしても小さいもので発動することはできなかった。

それでも、今までの結界箱よりは手に入れやすい魔石で発動することができるから、実用的ではあると思う。

「アリスター、たのむ」

「承知した」

アリスターが恭しくニコからマールライトを、兄さまから魔石を受け取って、明かりの魔道具入れに納め、蓋を閉めた。そしてスイッチを入れる。

ふわんと立ち上がった結界がどこまで広がったかは、部屋にいる人たちの反応でわかって面白い。

「ん」

と言って胸を押さえたり身じろぎしたりする人が結界の範囲にいる人で、その人たちを不思議そうに見る人が結界が届いていない人だ。

「そして、工夫したのは箱じゃなくてこれだ」

アリスターはベルトみたいなものを出してきた。これは知らなかったので私も興味津々である。

「剣帯か？」

バートも身を乗り出してみている。なるほど、腰に剣をつけるための革の帯のようだ。

「剣じゃなくて、箱が入るようになってるんだ」

アリスターはバートの腰にベルトを巻きつけ、箱をスポッと納めた。

「これで腰を中心に結界が広がる。前は少し邪魔だけど、左右か背中のほうに固定すれば、ラグ竜にも乗れると思うんだ」

アリスターはバートと向き合ったまま後ろに下がった。

「一歩、二歩、三歩。ここまでだ」

そこが結界の境目だ。

「実際に乗ってみないとわからないところはあるが、その範囲ならラグ竜がすっぽり入る気がするぜ。しかも」

バートは嬉しそうにニコに顔を向けた。

「さっきからずっと消えてねえ。つまり、成功ってことだな」

「うむ。さすがわたしだ」

臆面《おくめん》もないニコの自慢に、ハハハとバートが明るく笑った。

「リアが言いそうなことだ。仲良しだな」

「しつれいでしょ」

言うべきことは言っておかねばならない。

そしてこの企画を始めた人間としての責任も果たさねばならない。

「まだよるにやったらだめ。まずはひるにやってみて」

「お、おう。それもそうだな」

私が注意しなければ、今すぐにでも外に飛び出すところだったに違いない。

「わたしはあすから二こめのじっけんをおこなう」

ニコがふんすと鼻息を吐いた。成功したらそれで終わりの人もいるが、ニコはそうではないようだ。

「それならね」

私はニコの耳元でこそりとささやいた。

「マールライト、にまいかさんまいもって、やってみない？」

ニコはそんなことは思いつきもしなかったという顔をした。結界が重ならないようにと別々にやっているから、こういうすり合わせは大切なのだ。

「リアもさすがだな」

「ふふん」

腰に手を当てて胸を張る私を見てバートがまた噴き出した。

「さっきの意見を訂正しようかと思ったがやめた。やっぱりリアが言いそうなことだった」

「しつれいでしょ」

私はふふんとしか言っていないではないか。

さっそく明日から実験してみるというバートはワクワクを隠せないようで、なんとなく私も楽しい気持ちになった夜である。


「竜と荷物ごと乗り換えるシステムか。これは我が国にはないな」

「ファーランドにはここまで狭い道はありませんからね。こんなに狭くて流通が分断しないのが不思議だ」

出発の前、カルロス王子とリコシェが珍しそうに牧場を観察している。

「だからこの先の土地は、ファーランドとの取引が多くなる。国としてはウェスターだが、住んでいる民にはあまりウェスターの国民という意識はないのが困りものだ」

ヒューが答えているが、逆に言うと、この難所の手前の地域はウェスターとキングダムとの取引が中心となる。地域によって経済活動が違うことがわかる、とても勉強になる旅なのだった。

「けど、俺らだってファーランドに肩入れしてるってわけでもねえよ。魔石はわざわざケアリーに売りに行ってるしな。あえて言うなら、トレントフォースの民はトレントフォースの民だ」

トレントフォースが北に接するのはファーランドで、商売はするが頼るわけにはいかない。南はといえば道幅の狭い難所があり、物理的にも距離的にもウェスターには頼れない。

だが、キングダムの結界の恩恵を受けており、近くのローダライトの鉱山と森林資源で豊かな町である。北にも南にもおもねることなく、バランスをとって商売しているのだという。

私は感心してバートの話を聞いていた。

「ちょうちょう、じつはすごかった」

「ハハハ！　リアにとっては親馬鹿で弱腰の町長にしか見えなかったよな？　実はすごいんだぜ」

思い出してみれば、いざという時は屋敷に町の人間を全員集合させ、大きい結界箱で守り抜くという覚悟があった。でも、それよりも頭に思い浮かぶのは、トレントフォースでの楽しい日々である。

「エイミー、げんきかな」

ラグ竜のぬいぐるみで一緒に遊んだ友だちを思い出す。

「ああ、俺もしばらく顔は出していないが、きっと元気だ」

「ノアも少しはしっかりしたかな」

アリスターも友だちを思い出しているようだ。

「しっかりしてるさ。もともとそういう子だっただろ、ノアは」

「そうだな」

あと二週間でトレントフォースへたどり着くのが、とても楽しみである。

ラグ竜ごと次の町で交換するという仕組みはあっても、今回は利用しないそうだ。私のミニーのように、ヒューは王子として専用のラグ竜を持っているし、そもそも野営をすることもあるから、荷物は全部揃っている。

出発の隊列を眺めて、私はふと不安になった。

「たしか、こやは、いつつしかなかったきがする」

「本当にいろいろなことをよく覚えているな、お前は」

ヒューがあきれたようにそう言うが、そこはあきれるのではなく感心するところだと思う。

「他の旅人と重なることがない限り大丈夫だし、そもそも大人数での移動はほとんどない。いざとなれば結界箱のある我らが外に泊まればいいことだ。問題ない」

力強いヒューのひと言だったが、結果として問題はあった。

「ここもローダライトが壊されているだと！　しか三か所とは」

三つある小屋のうちの三か所で、窓枠のローダライトが壊されていたのだ。

ドアは壊されていないから、わざわざ調べない限り窓だけが壊されているとはわからず、夜になって虚族が侵入してきてから焦るという嫌なやり口である。

「小屋が二か所だけ残してあるのが良心からなのか、油断させる手口なのかわからないのが不気味だな」

こちらとしてもローダライトなど持ち合わせてはいないので、修理もできない。苛立ちを隠せないヒューにバートが注意を促した。

「なんにしろ、用心するに越したことはねえよ。周りに人がいる気配はないから、誰かが襲ってくるということはないとは思うが。あの時は常に人の影があった」

あの時とは私が襲われた時だろう。

「無事な小屋には客人を。そして、ローダライトがあるなしにかかわらず、全員結界箱を使うように」

結界箱を潤沢に使う旅に虚族の心配はない。

「リア、心配するな。何をもってこんなことをしたのかわからないが、我らを本当に狙うなら、ニクスや他の町で、ローダライトを壊してみせたのは悪手《あくしゅ》だった」

ヒューは口の片端をニヤリと上げた。

「普段はローダライトを詳細に点検したりなどしないから、ここだけ壊しておけば、確実に数人は虚族にやられていただろうに」

その日、難所の小屋に宿泊したのは私たち一行だけだったので、結界箱をいくつも用いて小屋の戸を開け放ち、夜を観察することにした。

「きょぞくがみられるなら、なんどでもみたい」

と言ったニコのためである。

「ついでに、俺の新しい結界箱も試したい」

試作品のはずなのに、既に自分の物だと思っているバートもいる。

「うむ。わたしがせいかをみとどけよう」

「頼むぜ」

制作者であるニコと分かり合っていてちょっとおかしい。

いつものように食事と入浴を明るいうちに済ませた私たちは、小屋の入口にかかるように張られた結界の中で、日が落ちるのを待った。

「左手に海が見えるが、ここらあたりは切り立っていて海に下りることはできない」

「魚を獲れるところが意外と少ないのは、ウェスターもファーランドも同じだな」

そうなのだ。だからニクスのような魚を獲れる町が栄えていたりする。ただし、冷凍技術は発達していないので、魚や貝は内陸部では貴重品であり、あまり流通してはいない。

しかし海に下りることはできなくても、その景色は美しかった。

西の海に、太陽が溶けるように沈んでいく。

「王都にいた時は、日が沈むのをゆっくり眺めることなんてありませんでした」

「ああ。やることが多すぎたし、それにそんなことに価値があるなんて思ったこともなかったよな」

兄さまとギルが椅子に座りながら静かに言葉を交わしている。

「ここを通るのは三度目だが、こうして日が沈むのをゆっくり眺めたのは私も初めてだな」

ヒューも珍しく、ゆったりと椅子に腰かけて夕日を眺めている。

「私はファーランドの北の領地に住んでいますから、海からの日の出も海への日の入りも見たことがありますす。ですが、海が違うからでしょうか。いつも見ている景色とは違って味わい深いですね」

これは海を領地にもつジャスパーの言葉である。

「私は……」

カルロス王子はそれだけ言って深刻そうな顔で黙り込んだ。

「どうした、カルロス」

放っておいてほしいのか、突っ込んで聞いてほしいのかと気を使って悩んでいた私の代わりに、ヒューがずばりと聞いてくれた。

「いや、なに。ちょっと思っただけだ」

「何を思ったのだ?」

なんだかニコみたいな言い方だなとおかしくなる。

「なぜ私は、虚族も、夜の海も、海に沈む夕日も、自分の国で見たことがないのかと」

「それは……」

ヒューも一瞬何を言っていいかわからなかったようだ。

もちろん、ヒューだって、虚族はともかくとして夜の海にしろ海に沈む夕日にしろ、ほとんど見たことがないのは同じはずだ。

「初めて国の外に出たからとはしゃいであちこち見て回っているが、私は自分の国をこれほど熱心に見たことはなかった。いや、見に行こうとさえしなかった」

少なくともヒューは、ウェスターの東端の領都から西の端のトレントフォースまで一往復したことはあることを考えると、カルロス王子はそれさえしなかったということなのだろう。

「キングダムを挟み北と南に分かれているとはいえ、我が国ファーランドにも海はあり、山もある。その気になれば、いくらでも各領地を見回る機会など作れたはずなのに、いったい何をやってきたのかな、私は」

ヒューは何も言わず立ち上がると、カルロス王子の隣に立ち、その肩に手を置いた。

「カルロス、お前は第一王子で、私は第二王子だ。つまり、お前の立場は私ではなく兄上と同じということになる」

ウェスターの第一王子はギルバート殿下で、今はケアリーで事件の後始末に大わらわのはずだ。

「私は兄上の手足となり、国のあちこちに派遣されたが、兄上にとっては、領都から長期間離れたのはこれが初めてだ。世継ぎの王子は簡単に城を離れることはできない。それを我らはきちんと理解しているよ」

カルロス王子は少しうつむいて力なく首を横に振った。

「うちにも弟も妹もいるが、私を含め誰一人として、国のあちこちに派遣されたり、視察をしたりと

いうことをしたことはない。キングダムのアルバート殿下の見合いの付き添いとして、妹がキングダムに行ったくらいだ」

「テッサどのか」

ニコが口にした名前にカルロス王子は驚いたように目を見開いた。

「よく覚えているね。さすがキングダムの世継ぎだ」

活発な人だったように記憶している。だからしょっちゅうあちこちに行っている元気な王女様なのだろうと思っていたが、違ったようだ。

「ファーランドは豊かでもないが、特段貧しくもない。虚族がいて夜に出歩くことはできないが、民は皆それに慣れている。他国との争いもない。今のところ王位を簒奪《さんだつ》しようとたくらむ動きもない。つまり、王族が特に何かをしなくても国は問題なく動いている」

その中で、ウェスターは領都全体に張る結界を作ろうとし、実現した。イースターの王族は四侯の一角を削り取り、キングダムの力を弱めようと画策し、結果として国としての体《てい》はなくなった。

キングダムはその流れの中で、今まで国に閉じ込められていた王族も四侯も、自由に動き始めている。

その状況を、問題なく動いているファーランドの中でぼんやり見ていただけのカルロス王子は、国の外に出て、様々な経験をしてやっと何かをつかんだのだろう。

「この地の夕日は美しい。だが、ファーランドの夕日も美しいに違いない。そう思ったら、深い後悔に襲われたのだ。今まで生きてきた中で後悔などしたことのない私が」

「カルロス……」

確かに、カルロス王子の振る舞いは後悔や反省という言葉とは無縁に見える。私は王子二人のやり取りにちょっと感動して、兄さまを見上げた。怠け者で努力が嫌いなカルロス王子のことが兄さまはあまり好きではない。この発言を聞いて、ちょっとは兄さまの気持ちも変わったのかなという好奇心からである。

だが、片方の口元を少し上げただけの皮肉めいた兄さまを見て、慌てて視線を戻した。

「後悔したとしても、それを生かして努力できるかどうかは別物です」

この兄さまのつぶやきが誰にも届きませんようにと祈ることしかできない私である。空気を読む幼児としては揉め事はごめんである。

しかし、その祈りは届かなかった。

パンパンと手を叩く音が隣から響いたからだ。

「カルロス殿下、素晴らしいです」

感傷に浸っていた二人の王子は慌てて離れた。別に何も悪いことなどしていないだろうに。むしろ感動の二人の時間を邪魔した兄さまこそ無粋な気がする。

「本当に素晴らしいことだと思います。でも、それをただの感傷で終わらせないようにするためにはどうしたらいいと思いますか」

「ええと……」

カルロス王子は戸惑いながらも兄さまの勢いに少し引いている。

「ルーク、せっかくカルロスが珍しく真面目に心情を吐露しているのに、無粋ではないか」

カルロス王子の代わりにヒューが兄様に苦言を呈した。確かに、いいところに兄さまが水を差したように感じる。

「いいえ、ヒュー。カルロス殿下は確かに天真爛漫な方で、今、口にした言葉は心からのものであることはわかっています。しかし」

兄さまは強い口調で続けた。

「このままここで甘やかしては、カルロス殿下のためにもファーランドのためにも、ウェスターのためにもなりません。同じ年頃だというのに、一方だけ甘える関係でいいのですか」

「それは……」

兄さまの言葉にヒューは珍しく言葉を詰まらせた。

実際、ヒューはカルロス王子に甘い。おそらく、ヒューがこの旅に出るきっかけを作ってくれた人だからだが、それだけでなく、その自由な振る舞いに、なりたかった自分を重ねているのだと思う。

私にも重ねてくれていいのに。

「我らは皆、この大陸を将来支えていく仲間であるはずです。できるならば、この旅でカルロス殿下には成長してもらわねば困るのです。好きなだけ旅を楽しむのはかまいません。ですが、ファーランドに戻って、殿下が何をすべきかを、よく考えていただきたいと思います」

ウェスターに着くまでやっていた勉強会は、ウェスターに着いてからは行われていない。だが兄さまは、カルロス王子に学ばせるということを諦めてはいなかったようだ。

「トレントフォースに着いてから勉強会を再開するつもりでしたが、そろそろ始めてもいいかもしれませんね」

兄さまの言葉に私は先ほどの自分の考えが正解だったことを知った。

「うう。ルークは相変わらず私には厳しいな」

「あなたのため、ひいてはファーランドのため、そしてキングダムのためです」

そう言われてはぐうの音も出ない。そしてぐうの音も出ない代わりに、いつの間にか日は沈み、ヴンと胸に響く気配がする。

「ああ、夜が来る」

カルロス王子のその言葉ほど、今の気配にふさわしいものはないと思える瞬間だった。

私は黄昏時《たそがれどき》の薄闇をじっと見つめた。

サイラスに連れ去られたあの時、虚族の気配は山側からきた。だからこそ、あえて山側に逃げたのだ。だが、私はなにか違和感を覚えて首を傾げた。

「リア、どうした？」

隣にいたニコがすぐに私の様子に気がついた。

「まえとちがうの。なにかが……。あ」

私はばっと勢いよく日の沈んだ海のほうに振り返った。

そして響く気配に胸を押さえる。

「おなかがすいたのか」

「ここはおなかじゃないでしょ。むねでしょ」

そこはしっかり言わねばなるまい。しかし、問題はそこではない。

「まえは、うみがわにはきょぞく、いなかった。でも」

「いまはいる。しかも、ひとがただな」

ニコも私につられたのか海側を見ていた。

ニクスでは虚族はほとんど魚だった。その前に虚族で実験した時は人型もいたが、たいていは獣だった。

だが、海側に切り立った崖から浮かび上がるように現れたのは、ごく普通の町の人だ。しかも何人もいる。ニコは冷静に見えるが、体の横でこぶしをぎゅっと握っているから、緊張しているのが伝わってくる。

まるで人そのもののようなのに表情の変わらないその姿は、何回見ても慣れないものだ。

「当然のことかもしれないが、旅装だ。ここを通った旅人がやられたんだな」

不思議なことに襲われた時の姿がそのまま残るために、服や装備までが忠実に再現される。それをバートが冷静に観察している。だが、私はその言葉にもひどく違和感を覚えた。

「よるにたびびとがとおったの？」

バートはハッとしたように私を見た。

この狭い通り道では、夜に逃げ場はなく、宿泊所の小屋に泊まるしかない。

「ローダライトの壊れた小屋で休んでいて、やられたか？　いや、それなら死体は残るはず」

バートは慌てて私のほうを見たが、そのくらいの怖さは平気である。

「そうだとして、ねるとき、そうびつける？」

「いや。宿のように寝間着に着替えたりはしないが、少なくとも装備は外すはずだ。ということは、小屋にいた旅人ではないということになる」

私は同意してこくりと頷いた。そしてもう一つ。

「どうしてうみから？」

「ニクスでも、海の岩から虚族が出てきていただろう。そこの切り立った崖から出てきたのかもしれないし、別に海側から出てくるのがおかしいとは言えねえよ。出てきた後、ここまで移動してきて襲ったのかもしれないしな」

バートの言葉は自分に言い聞かせるようだった。

「バート、よく見てみろ」

低い声は、私の斜め後ろに控えていたハンスのものだ。

「頭と、右足」

短く鋭い言葉が夜の闇を斬り裂く。

「うっ」

怯んだバートは、いまさらながら私とニコの前に立ち視界をさえぎろうとしたが、遅かった。

頭の後ろのほうは血まみれで、足はよく見るとありえない方向に曲がっている。

「落ちたんだな、そこの崖から。そして瀕死《ひんし》の状態で虚族にやられた。俺はそう見る」

「いや、落ちるかよ。山と海に挟まれているとはいえ、道はそんなに狭くねえ。それに、それならラグ竜はどうした。ここは歩いて通る道じゃねえよ」

「さあな。ほら、もう一人海からおいでなすったぜ」

ハンスとバートはお互いに認め合っていると思うが、親しく話しているところはほとんど見たことがない。だが荒事担当の二人が遠慮なしに話しているさまは殺伐《さつばつ》としていて、とても口を挟める状況ではなかった。

「まさか。おい、ミル！」

バートは振り返ってミルを探した。

「なんだよ、虚族を狩りに出るのか？」

ミルはくわっとあくびをしながら歩み寄ってきた。虚族が集まってきても自然体なのはミルらしい。

「この虚族。俺はあんまり親しくないから自信がないが」

「ヘンリーのおっさんじゃねえか！」

ミルは思わず一歩踏み出しかけて、ぐっととどまった。一歩踏み出したところで結界から出たりはしないが、ぼんやりしているようでもハンターなのだ。

「知り合いか」

ハンスの唸るような声がする。

「知り合いっていうか、ローダライトの鉱山で働いてて、たまに町の食堂に来てたんだよ。トレントフォースのな」

トレントフォースは木工の町のように思われるが、近くに鉱山がありローダライトも産出している。私がいたころは特に気にしたこともなかったが、町にいる人には鉱山で働いている人もいたに違いない。

私はふらりふらりと近くまで寄ってくる虚族にそっと目をやった。

この人も旅装で、腰にはバートたちよりは小さいが、ローダライトの剣をつけているし、重そうな荷物を背負っている。

「たぶん里帰りで、背中のこれはお土産だろうなあ。トレントフォースに来るのは大変でさ、家族を置いて稼ぎに来てる人もけっこういたから。ヘンリーのおっさんの家族がどうだったかなんて、俺は知らなかったけどさ」

「首」

ハンスが短くそれだけ言った。

私はもう虚族に目はやらなかった。おそらく、首が折れているのだろう。

「ラグ竜の暴走に巻き込まれたとか、いろいろ考えたくなるが、おそらく違うんだろうな」

「ああ。誰かにやられたんだ」

そうなると優雅に椅子に座って虚族を眺めている場合ではない。

「ルーク様、ギルバート様」

ハンスに促され、兄さまもギルも立ち上がった。

「ああ、わかった。さあ、リア、おいで」

「ニコ殿下は俺と行こうな」

最近のギルはニコ担当なのである。

「ギル。わたしはそとに、みながいるところにいたい」

小屋の中で静かにしているのがお利口だとわかってはいるのだが、ニコが珍しくわがままを言った。

それなら私も便乗するしかない。

「リアも、じゃまにならないところにいるから」

ハンスが迷いを見せた。危険がある時は有無を言わせず退場させられるので、そこまで危険ではないということなのかもしれない。

「ルーク様、ギル様。念のために結界箱をもう一つお願いしてもいいでしょうか」

「わかった」

外に出ていてもいいが、うっかり結界の範囲から外れないように念のために結界箱を使ってほしいということらしい。

「リア様、俺も外に出ます。試してみたいことがあるんだ」

「きをつけて」

私はハンスに力強く頷いてみせる。

ハンスは目立たないように革ひもで腰のベルトにくくりつけられた、小さい結界箱のスイッチを入れた。

そしてそのまま結界の外に踏み出した。

「ハンスは何をやっているんだ？　虚族は担当外だろう」

ギルの言葉はもっともである。今までも夜に虚族見学をしたことはあって、バートたちハンターは、見学の後は虚族を狩り、数を減らす仕事をしていたが、ハンスはそれに一切かかわることはなかったからだ。なにしろ、ハンスの役割は、なにを置いても私の護衛だからである。

「ニコのまどうぐのじっけんは、バートがやってる。リアのまどうぐは、ハンスがたんとう」

私は簡潔に説明してあげた。とはいえ、ハンスは自主的に行動しているので、なにか私が指示を出したりしたわけでもない。小さい結界をどう使いたいのかもさっぱりわからない。

「それで珍しくローダライトの剣も持っているのか」

言われて腰を見ると、ハンスの腰はすごいことになっていた。左に対人用の剣、右にローダライトの剣、ベルトにぐるぐる巻きの小さい結界箱。

そんな格好のハンスは、結界の範囲から大股で一歩踏み出した。左手がまっすぐ前に突き出されているが、その手にも右手にも何も持っていない。

何をやるつもりなのかと、自然に注目を集めているが、まるで虚族に触れようかというその姿に
バートから厳しい声が飛んだ。

「ハンス！　何をしている！」

「結界箱は持ってるよ」

「持ってるって、手ぶらじゃねえか」

ちょっと安心したのか、バートの声音が落ち着いた。だが、他に止める声がなくてもそこにいる全

員に緊張が走ったのが私にもわかった。

普通の結界箱を持っているのなら、かなり手前で弾かれるはずの虚族がすいっとハンスのそばまで来たからだ。

だが、ハンスの伸ばした手の数十センチ先で虚族は止まった。

はたから見ると、親しい者同士が話しているくらいの距離だ。

「はっ、このくらい近くから見ると、本当に不気味なもんだな、虚族ってのは。人の姿を映してはいるが、中身は空っぽか」

ハンスはそうつぶやくと、左は前に伸ばしたまま、右手を右腰にやり、器用にローダライトの剣を抜いた。

「さて、どうなるか」

ハンスは剣をそのまま前に突き出した。

剣が人型の虚族の腹に突き刺さったかと思うと、虚族は剣先に集まるかのようにゆらりと姿を崩すと消え、代わりにからんと魔石が地面に落ちた音がした。

「これで終わり、か。いや、きりがねえな」

消えた虚族の代わりに別の虚族が現れる。そして足元にはネズミのようなウサギのような生き物もいる。

「足元は気をつけねえと、はみ出すおそれありだな」

結界は腰を中心に丸く広がっているから、足元の虚族はかなり近くまで来ている。

ハンスは満足したように、腰のローダライトの剣を戻した。

「このくらいでいいか」

「待て」

ハンスは満足しても、バートは違ったようだ。

「それはリアの試作品か?」

「ああ。人一人分の小さい結界箱だ」

「比べてみたい」

ハンスだけずるいとバートに言われたらどうしようかとひそかに焦った私は子どもっぽかったかもしれない。いや、子どもどころか幼児だから仕方がないのだが。

「かまわないが」

「ではそこにいてくれ」

バートは剣帯にはめた結界箱のスイッチを入れると、そこからそのまま結界の外に踏み出した。

バートの結界箱は、ラグ竜ごと覆えるものだ。バートがハンスと同じように左手を伸ばすと、虚族はハンスよりも少し先で結界に弾かれた。

「ハハッ、仲がいいって程の距離じゃねえな」

「俺だって別に虚族と仲良しになりたいわけじゃねえよ」

やっぱり微妙に殺伐とした会話だなあと思う。

だが、そんな私の感想は別にして、その対比は明らかだった。

「俺が人一人分」

「そして俺が、ラグ竜込み」

二人は同時に後ろを振り返った。

「そっちは、団体さん用」

バートの言うそっちとは、私たちが使っている結果箱のことだろう。

「ハハハ、すげえな、うちの姫さんと王子様は」

不敬すぎるハンスの感想だが、一応褒めてくれているのでよしとする。

「リア様、使えますぜ、これは」

「うん。せいこう」

私は嬉しくて胸がキュッとした。

「ニコ殿下、これこそ俺が欲しかったものだ」

「うむ。それはよかった」

ニコもバートの言葉に胸がキュッとしたに違いない。

「さあ、満足したなら、ニコとリアを連れて小屋に戻ってくれ。どうやら安全な道中と言ってもいられなくなってきた。周囲に人影はないが、この難所を出るまでは油断すべきではない」

ヒューの慎重な言葉に、今度こそ私たちは小屋に戻ることになった。

知り合いの姿をした虚族の魔石は、ミルが大切に荷物にしまっていた。

次の日、切り立った崖の下をのぞき込んでも、下草が生い茂っているせいで何も見えず、下りてまで捜索する必要はないだろうということで、結局なぜ、あの人たちが虚族に姿を変えたのかはわからないままである。

「だが、殺人犯がいるかもしれないということを警戒しつつの旅となるな。これはいっそのこと、少し予定を早めてトレントフォースに向かったほうがいいかもしれない」

とのことで、ゆっくり行けばここから二週間のトレントフォースに、一〇日で行こうということになった。

「町に滞在している時間が長いからわからなかったかもしれないが、前回リアとアリスターと来た時より、移動はスムーズだ。大人と同じ速さで進んでいるからな。成長したな」

そんなことを言えるようになるとは、ヒューこそ成長したという気持ちである。

「お前のその得意げな顔を見ると、なぜか腹が立つ」

「あにをひゅるー」

すぐにほっぺをつまもうとするのはやめてもらいたいものだ。

行く先々で窓枠のローダライトが壊されているという事件はやはりあったものの、旅そのものは順調だった。

「こんだけの大人数だろ？　もしまだ俺たちの家が借りられていないとすればさあ、そこに住むのもいいかなって考えて、ヒューの使者に伝言を頼んでるんだぜ」

ミルがにこにこと教えてくれる。

「今回は急なことだったから、使者に先行してもらってギリギリのところで宿を確保しているからな。トレントフォースには長く滞在するかもしれないから、町長には丁寧に説明してお願いするようにはしてあるが……」

気楽なミルとは違い、ヒューは少し難しい顔をしている。使者は宿を確保したらどんどん先に行ってもらっているために、確保できたかどうかまでは町に着くまでわからないのだそうだ。

「たぶん大丈夫だ。まず町長の屋敷が結構広いしな。王族が、四侯がって言ってしまうと泊まれる宿は本当に限られてくるけど、この旅ではどんな宿でも泊まってきただろ」

これがバートの考えだが、トレントフォースで暮らしていた人の意見だから説得力がある。

「時には野宿もしたしな。我が国にいた時は考えもしなかった。屋根があるというだけでもありがたい気がしてきたよ。トレントフォースは結界の範囲に入っているというし」

カルロス王子が楽しそうだ。

「だが、トレントフォースの結界は揺らぐことがあって、いつでも大丈夫ってわけでもないんだ。王子さんも油断するなよ」

「ああ、もちろん」

バートもミルも、どの王子に対しても態度が変わらない。カルロス王子にも気楽に接していて、そのことがまた嬉しそうである。

「だが、トレントフォースからファーランドまではすぐそこだ。ほんの二日もあればたどり着いてしまう。そこから領都までまだまだかかるとしても、旅の終わりが見えてきたと思うと切ないものがある」

憂いを帯びた顔は確かにハンサムで国もとでは人気なのだろうが、ここまで十分に旅を楽しんできてまだわがままを言うかという表情を浮かべているのは兄さまだ。決して私がそう思ったということではない。

「俺たちはどっち回りで帰るんだろうなあ、ルーク」

ギルも楽しそうだ。

「ヒューはカルロス殿下と一緒に領都へと向かうそうですから、私たちもファーランド回りで帰る気がしますね。そのほうが手間がありません」

「ルークは夢がないな。手間があるかないかという問題ではない。初めてのファーランドだろう。私に任せておけ」

カルロス王子が兄さまと肩を組もうとしてよけられている。

「自国をほとんど回ったことのない王子がどのくらい当てになりますか」

「そこは権力にものを言わせれば、なあ？」

兄さまの冷たい視線にも負けないカルロス王子は本当に心臓が強いと思うが、そんな王子を温かい目で見ているのがヒューである。

私は一人うむと頷いた。冷たい兄さまも素敵だが、友情もまたよいものである。

難所を過ぎてからは、宿屋のローダライトが壊されているというようなこともなく、私たちは時には宿に泊まり、時には町長の家を借り、そして時には野宿したりと、急ぎつつも十分に旅を楽しんだ。

そして私とニコは、ユベールの弟子としてせっせとマールライトの変質を続けている。一個できたからそれで満足というわけにはいかない。バートに使ってもらうなら、ミルやキャロ、クライドにアリスターの分まで魔道具はあったほうがよい。

ではのほうはというと、どうせハンスはキングダムに戻ったら結界箱など使わないのだし、実は特に求められていないのではないかという気がする。それではなぜやっているのかというと、それが楽しいからとしか言いようがない。

「マールライト、みっつい っぺんにへんしつできた」

だから私は、ひっそりとナタリーとハンスに自慢している。

「まあ、さすがリア様でございます。それでは、温め用の魔道具箱を手に入れてきましょうか」

私の小さい結界には、魔石は大きめのものを使うにしても、マールライトは小さめのため、熱を出す魔道具箱が大きさ的にはいい感じなのだ。

それでも、専用ではないため、柔らかい布などで中の機構が動かないように調整しなければならない。

「アリスター様も呼んできましょうね」

「でも、アリスターいそがしいから」

私は少ししょんぼりしてしまう。呼べばどんなに忙しくても時間を作ってきてくれるけれど、アリスターも基本的にバートと同じ仕事をしている。自分の趣味のために付き合わせるのは申し訳ない。

「アリスター様は、むしろ喜んで来てくださると思うのですけどね。忙しいからこそ、理由がないと、お互いなかなか顔を合わせられませんもの」

ナタリーが優しく慰めてくれた。

「うん、わかってる」

それでも遠慮してしまう謙虚な性格なのである。

「私たちが自分でできればいいのでしょうけれど、スイッチを入れるところの調節が難しいのでしょうね」

「そう。しくみはたんじゅんで、マールライト、ローダライト、ませきがかさなればいいだけのことだから」

難しいことをすらすらと言えた私はなんとなく嬉しくて、思わず鼻をふすふすと鳴らしてしまった。

「ん？　かさなればいいだけ？」

私はベッドに置いてあったラグ竜のぬいぐるみを手に取り、じっと見つめた。そしておもむろにポケットの中に手を突っ込んだ。小さい物が一つか二つ入るだけのポケットだが、おやつや草笛などが入る便利なものなのだ。しかし今手に当たったのはこつんと硬い感触である。

「マールライト、はいってた」

最初に失敗してしまった小さいマールライトだが、記念に取っておいたのを忘れていた。私はそれを大事にベッドの上に置く。実験が終わったらまたポケットに戻しておこう。

「まず、ローダライトとマールライトをかさねて、ポケットにいれる」

ポケットが小さいせいで、隙間なくきちんと重なっている。ぬいぐるみには綿が詰まっているので、魔道具箱と基本は一緒だ。

「ナタリー、ませきを」

「どうぞ」

私はナタリーから魔石を受け取ると、ポケットにぐいっと押し込んだ。

ふわん、と。

小さい結界が立ち上がった。私はぬいぐるみの紐を持ってぶんぶん振り回してみる。それでも魔石は落ちてこない。

「リア様、危ないですよ」

「だいじょうぶ。あ」

実際は大丈夫じゃなくて、様子を見に近寄ってきたハンスにぼんと当たってしまった。

「あ、マールライトが！」

「そこは俺の心配をすべきでしょうが」

ハンスがあきれたようにぬいぐるみをつかんだ。

「ちょっとかしてください」

「やだー」

ハンスは手を伸ばす私からぬいぐるみをさっと遠ざけた。

「ちょっとだけ」

主人の言うことを聞かないとはなにごとか。魔道具と化したラグ竜のぬいぐるみを、私もまだ十分に堪能《たんのう》していないというのに。

ハンスはぶつぶつ言いながら、ぬいぐるみをもんだり、下向きにしたり振り回したりと、かわいそうなことをしている。

「リアのラグりゅうが！　ナタリー！」

こうなったらナタリーの助けを求めるしかない。

「ハンス。いい加減になさい。リア様にぬいぐるみを返してあげて」

「ちぇっ」

ちぇっとは今度こそなにごとか。ちょっとかわいいけれども。

それはともかく、やっと私の手元に帰ってきたラグ竜をギュッと抱きしめる。

「だきしめても、けっかいはある。ませきもずれない」

「リア様だって、検証してるじゃねえか」

「けんしょうはだいじだもん」

子どもみたいに言い返してくるハンスをナタリーがやれやれという顔で見ている。決して私にあきれているわけではないと思う。

「問題は、スイッチがないことですよねえ」

ナタリーが頬に手を当ててうーんと悩んでいる。ちゃんと使い方を一緒に考えてくれるのが嬉しい。

「スイッチがないと結界が出っぱなしだからなあ」

三人でうんうんと頭を寄せ集めて一生懸命考える。

「魔石を入れっぱなしってとこが問題なんですよね」

「そう。まどうぐは、スイッチでませきをくっつけたりはなしたりする」

私はぬいぐるみを見ながら、そういえば前に、ミルが大きい魔石を縫いこんでくれたなと思い出した。

「ませきをスカートのポケットにいれておいて、つかうときにいれたら？」

「リア様がいつも魔石を持ち歩くのですか？　それはいろいろと危険ではありませんか」

ナタリーが心配で眉を曇らせる。

「確かに、リア様に余計なものを持たせると何をやらかすかわからねえしな」

「ええ。い、いえ、そういうわけでは……」

しどろもどろのナタリーにちょっと本音が垣間見えて悲しい私である。

「そんならリア様じゃなくて、いっそのことお前が持つか？　お前なら無茶なことはしねえだろ」

ハンスはラグ竜のぬいぐるみに向かって話しかけた。冗談とはいえ、私に失礼である。

もちろん、ぬいぐるみからの答えはないが、私はナタリーと目を見合わせ、頷いた。

「ありで」

「ありですね」

「はあ？」

言ったハンス自身がよくわかっていないようだが、要は、マールライトとローダライトをポケットにセットしておいて、使う時だけ魔石を入れればいいわけである。そしてその魔石は、ぬいぐるみにもう一つポケットを作って入れておけばすぐに使える。

「それ、さいよう！」

「はあ？」

こうしてポケットの制作はナタリーに託されたのだった。


次の日、ナタリーの目の下にはくまができていた。

「おや、ナタリー、大丈夫ですか。顔色がすぐれませんよ」

「少し睡眠不足でして。今日は移動が中心ですから、大丈夫です」

「長旅ですからね。そろそろ無理が出てきましたか。今日はリアのお守りをはずれて少し休みますか？」

「いえ、大丈夫です。今晩しっかり休みます」

私も心配したが、兄さまにも心配されていたということは、はた目にも調子が悪そうに見えたのだろう。

「ナタリー、むりしないでね」

「大丈夫です。それに、例の物、できましたよ」

珍しく目をキラキラさせていたので、できあがったものを早く見せたいのだろう。

移動の馬車に乗り込むとすぐに、ナタリーはラグ竜のぬいぐるみを渡してくれた。

私は渡されたぬいぐるみをくるくると回してみた。

「うーむ」

パッと見ただけではわからないので、ラグ竜を撫でまわしてみる。私はかっと目を見開いた。

「ここだ！」

目立たない色の布でポケットは偽装されていたが、魔石のポッコリ感は隠せない。それはラグ竜の後ろ脚に隠されていた。

「正解でございます！」

ナタリーが座席に座ったまま深々と頭を下げる。

「さっきから君たちは何をやっているのですか」

兄さまが座席の手すりで頬杖をつきながらあきれた声を出した。

「あのね」

私はラグ竜の後ろ脚のポケットに指を入れると、魔石をつまんで出してみせた。

「魔石、ですね。なぜぬいぐるみに？」

「ふふん」

私はニヤリと笑うと、その魔石をぬいぐるみの本来のポケットにぎゅっと詰め込んだ。もちろん、ローダライトに接するようにだ。

ふわん。

「ええ？　なぜ結界が。まさか」

「そうでーす。ラグりゅうのポケットに、ローダライトとマールライトがはいってるの」

私は得意げに兄さまにぬいぐるみを見せた。

「これは、リアの小さい結界ですか。斬新な発想ですね」

私はナタリーと顔を見合わせてにっこりと笑った。

「ですが、リアは自分で結界を張れますよね。これに何の意味が？」

私があまりにもショックを受けた顔をしていたのだろう。兄さまが慌ててぬいぐるみの頭を撫でた。

ラグ竜の頭ではなく私の頭を撫でるべきだと思う。

「あります、ええ。ラグ竜のぬいぐるみの結界、ええ、何かの意味がきっとあります。そもそもかわいいですよね、ぬいぐるみ」

もはや兄さまも何を言っているのかわからないが、少なくとも私の気持ちは落ち着いた。

そもそも私の小さい結界は、ハンス以外にはあまり注目されていないのが寂しい。

「あの、リア様。これをどうぞ」

おずおずとナタリーが渡してくれたのは、私の小さな手に少し余るくらいの、小さなラグ竜のぬいぐるみだった。いびつだし、綿が詰まってパンパンだが、私のぬいぐるみとお揃いのピンクで、とにかくかわいかった。

「かわいい！　ナタリーがつくったの？」

「はい。あまりお裁縫は得意ではないのですが、昨日ちょっと」

それで寝不足で目にくまができていたようである。

私は嬉しくて、綿の詰まったピンクのぬいぐるみを両手でぽふぽふと弾ませた。

「ええと、いがいとかたい」

さわさわと触ってみると、ぽこんとしているところがあるし、中には硬い芯のようなものが入っている。

「もしかしてこれ」

「はい。リア様のラグ竜のぬいぐるみはかわいいのですが、大きいですよね。私には箱は作れませんが、それならぬいぐるみをそのまま小さくしてはどうかと思いまして」

私は感心して手の中のぬいぐるみをあちこちから眺めた。

よく見ると、縫い目は途中まで上のほうは開いている。

「ここには……ローダライトとマールライトがさしこんである！」

「はい。そして裏にはポケットがついていて」

「ませきがはいってる。これをだして」

兄さまが慌てて私のラグ竜ぬいぐるみから魔石を外した。結界箱はいくら重ねても響きあったりしないが、念のためだ。

「ここにぎゅっとつめる。ちょっときつい」

「小さい子が使うということを失念していました。後で縫い直します」

「わたがおおすぎるのかも」

ナタリーがさっそく改善策を考えているが、私も実験主任としてアドバイスをしておく。

きつくても魔石を押し込めば、すぐにふわんと結界が立ち上がった。

「なんということか。結界箱ではなく、結界袋とは」

兄さまが感心した顔をしているが、一応訂正しておく。

「ふくろじゃなくて、ぬいぐるみよ」

かわいく作ってくれたナタリーに失礼な言い分だと思うのだ。

「リア様が最初に懸念していました通り、箱に比べると衝撃に弱いのが欠点だと思います。ですが、リア様のこの結界箱、いえ、結界袋と申しますか、結界ぬいぐるみと申しますか」

ナタリーの顔がどんどん赤くなっていく。自分でもちょっと照れくさいのだろう。

「ええと、これは、実践に使うものというよりは、お守りのようなものだと思うのです」

「なぜですか？　この間ハンスが実験しているのを見ましたが、身を守りながら虚族を狩ることができて、ハンターこそ欲しがるものになっていると思いましたよ」

兄さまが問いかけた。

「そもそもこれは今のところリア様しか作れませんし、リア様以外が作れるようになったとしても、とてもハンターに行き渡る数にはなりません。ということは」

ナタリーはゆっくりと言葉を選んでいる。

「リア様やニコラス殿下が、親しい者、しかも弱い者に分け与える特別なものになるかと思いました。それならば、実践向きというより、柔らかくかわいいものでいいのかなと」

兄さまはまるでナタリーの顔を初めて見たような顔をしていた。

「ナタリー、お前がリアによく仕えていることはわかっていましたが、そこまで深く考えることができるとは思っていませんでした」

「おそれいります」

ナタリーはまた深々と頭を下げた後、荷物をごそごそと探って、同じようなぬいぐるみを二つ手に載せた。

「実はあと二つあるのです。リア様がマールライトを三つ作ってくださったので」

「あと二つ……。リアのぬいぐるみと合わせて四つということですか」

「はい」

ニコリと嬉しそうなナタリーと私を、兄さまは交互に見た。

「三つも作っていたリアもですが、それをぬいぐるみに仕立てたナタリーもナタリーです」

「それはリアとナタリーがどっちもすごいってことね、にいさま」

私はニコニコと先手を取った。こんなことで行動を制限されてはたまらないからだ。

「そうですね、本当にすごいです」

苦笑した兄さまは、私のことをよくわかっている。

「じゃあ、今日もマールライトのへんしつをする！」

宣言した私に、ナタリーが手渡してくれたマールライトは三つである。

「今までちゃんと見ていませんでしたが、そうやっていっぺんに三つ作っていたのですか」

「そうよ。こうりつはだいじだもの」

「効率……。リアが一年頑張ったら、ハンターになどすぐに行き渡るのでは？」

兄さまがぶつぶつ言っているが、たぶん一年やる前に飽きるような気がする。

私が魔道具を三つ作れたということは、ニコも三つ作れたということだ。

「ここにきて大忙しだぜ」

アリスターがミル、キャロ、クライドの分までニコの結界箱に使う剣帯や箱の手配をしていて、大慌てなのがちょっとおかしい。

「できれば俺の分も作ってほしかったけど、トレントフォースに行くまでにはマールライトは間に合わないってさ」

自分の分を先にくれと言っても、ミルたちは誰も文句を言わなかっただろう。それなのに、いざという時必要なのはミルたちだからと言って、自分を後回しにして皆の装備を作っているアリスターはとてもかっこよかった。

「アリスター、これ、あげる」

「なんだ？　ラグ竜のぬいぐるみか？」

そんなアリスターには、私とナタリーの共同制作であるラグ竜の魔道具を差し上げるしかない。

「これ、リアのまどうぐ」

私は背伸びをするとアリスターの耳元でこそこそとささやいた。

「あの、ハンスが試してた一人用のやつか？」

「そう。スイッチはなくて、このポケットにはいってるませきを、こっちにおしこむだけ」

「おお……。でもいいのか？　貴重な物だろ」

「いい。アリスター、がんばってるもの」

アリスターは嬉しそうにラグ竜の小さいぬいぐるみを受け取った。

「かっこいいはこに、いれかえてもいいよ」

「いや、いい」

「でも、ピンクよ」

アリスターはニカッと笑うと、私が肩からかけたラグ竜のぬいぐるみに小さいぬいぐるみをポンと当てた。まるで乾杯しているみたいに。

「いいんだ。俺とリア、お揃いでなんだか仲間みたいだろ」

「うん」

私はなんだか胸がほかほか温かいような気がした。

その後、アリスターはラグ竜のぬいぐるみに器用に紐を縫いつけて腰にぶら下げて歩いていたので、ちょっとからかわれたりもしたけれど、

「リアとお揃いなんだ」

と言うと、誰もが納得して、それからはアリスターに何か言う人はいなくなった。

むしろ、どうにかして自分もラグ竜のぬいぐるみが欲しいという人がいたとかいなかったとかからしい。そんなに人気なら、残ったラグ竜も遊ばせていてはもったいない。

「じゃあ、ハンスとナタリーもつけて」

「俺には箱がありますから」

ハンスには速攻で断られた。大人の男の人とぬいぐるみ、いいと思うのに。

「私がつけます」

ぬいぐるみのことを袋だと馬鹿にしていたくせに、アリスターがつけているのを見たらうらやましくなった人が兄さまである。

「どうしようかなー。ただのふくろだしー」

「リア、意地悪しないでください。ちゃんとぬいぐるみだと言い直したじゃないですか」

「じゃああげる」

こうして兄さまとナタリーもピンクの小さいぬいぐるみを腰につけることになった。

第五章

トレントフォース

不公平はよくないとギルが文句を言うので、ナタリーに追加で一個小さいぬいぐるみを作ってもらった。そのぬいぐるみをギルが当然のように召し上げていったが、あれはアリスターとお揃いにしたかったからに違いないと踏んでいる。ちなみに、

「ピンクのラグりゅうはー、よんこうのしるしー」

私が適当な歌を歌っているとナタリーがはっとしてぬいぐるみを外そうとした。

「そんな、恐れ多いことです。それによく考えたら、リア様は持っていないではないですか」

「ナタリーはつくったひとだから、つけて。リアはいらない」

なにしろ、誰よりも大切に守られているのだから。

「あと、ナタリーがぬいぐるみ、どんどんつくらないと、リアのマールライトにまにあわないよ？」

既にあと三つのマールライトを変質中なのである。

ナタリーははっとして、時間がある時はぬいぐるみの制作に勤しむようになった。

といっても、私とニコの、第二段のマールライトが変質しないうちに、懐かしのトレントフォースに着くことになる。

「リア、覚えてるか？　このあたりにはよく虚族狩りに来たよな」

バートが竜を寄せて馬車にいる私に話しかけてきた。兄さまが皮肉っぽく口をゆがめた。私と虚族絡みの話で時々見せる反応である。

「そんな、紅葉狩りでもあるまいし、気楽に言わないでください」

「ブッフォ」

久しぶりにハンスの笑い声を聞いた気がするが、兄さまは心外だという顔をしている。私もつられて笑いそうだったし、紅葉狩りなんてこの世界で初めて聞いたと驚いた気持ちにもなったけれど、周りを見渡して本当に懐かしい気持ちになった。

「うん、おぼえてる。リア、けっかいばこをもってまってた」

「贅沢な暮らしはさせてやれなかったけれど、楽しかったな」

「たのしかった。いまおもえば」

私は先に見えてきたトレントフォースの入口の二つ並んだ物見小屋を見ながら思いをはせる。

「とおくにいても、おとうさまがまもってくれてた」

「そうだな。リアの父ちゃんたちが作ってる結界だもんな、トレントフォースの結界はさ」

目には見えないが、誰も越えられぬほど険しい山脈を越えて、町一つ覆える結界が張られている。

その時はあまり考えたこともなかったけれど、あの時確かにお父様が一生懸命魔力を込めた結界で私は守られていたのだ。

「さあ、もうすぐだ」

バートはラグ竜に声をかけて、列の先頭に行ってしまった。

ふと周りを見れば、前来た時のように農作業をする人がいて、驚いたようにこちらを眺めている。

立派な竜車や豪華な服を着た貴族みたいな人たちが大人数でトレントフォースに向かっていたら、それは驚いて眺めもするだろう。

だが、ミルやキャロが竜の上から大きく手を振ると、はっと何かに気づいたように手を振り返してくれる。

「なんやかやで、けっこう知り合いだからさあ、トレントフォースの町の皆はさ。特に俺は食堂でも働いてたし」

　ミルが教えてくれた。

「さあ、そろそろだぜえ」

　兄さまが何がですかと聞く前に、キーンという気配が胸に響いた。その気配に思わず胸を押さえる人が隊列には何人もいる。

「結界箱の結界で慣れていたつもりでしたが、久しぶりにキングダムの結界のうちに入ると、かなりの衝撃ですね。なんというか、結界が強固です」

「うん。けっかいが、つよい？　こい？」

　なんと表現してよいかわからないが、ケアリーのそばで結界を出入りしてみた時より印象が強く感じる。

「この強固な結界の中でリアが暮らしていたと思うとほっとします。おや」

　街の入口に立つ二つの建物のところで、竜から降りたバートが町の人と何か言い争っているように見える。そのバートに隊列が追いついてみると、言い争っているのではなく、話している町の相手が戸惑っているのだということがわかった。

「しょうがねえ。ヒュー！」

　バートは大きな声でヒューを呼んだ。

「なんだ」

ヒューはひらりと竜を降りると、スタスタとバートの元に歩み寄る。

それを見て、竜に乗っていた人たちは皆竜から降り、手綱を引いてその場にとどまっている。

「ひえっ、王子様だ」

バートが話していた人は町の普通のおじさんだが、そのおじさんがヒューのことを王子様と言うのは何だが笑える。しかし、笑っている場合ではない。

こう言ってはなんだが、国の西端の小さな町に、自分の国の王子様だけでなく、ファーランドとキングダムの王子様も来るという一大事である。町長だけでなく、町の人にもあっという間に噂が広がってもおかしくないどころか、町をあげての歓迎になるのが普通のはずだ。

少なくとも、途中の町ではそうだった。

前回来た時、ヒューはトレントフォースではとても胡散臭《うさんくさ》がられていたが、今回はそうではないとちゃんと伝わっているはずである。それならば、こんなに驚くのはおかしくはないか。

そんな私の勘は当たった。

「ヒュー。俺たちが来るという連絡が来てないらしい」

「なんだと？」

ヒューが眉をひそめたのか、町の人からまたヒッと怯える声がする。

「ああ、今俺たちはヒューバート殿下に仕えてるんだ。怖いお人じゃねえし、トレントフォースに何かするわけでもねえ。ただ、長期に滞在する予定でお伺いを立てに来た使者がいるはずなんだが」

「使者なんて来てたら、今ごろ町中が大騒ぎだって、バートならわかるだろ。ぜんぜんそんな気配はなかったし、俺も聞いてねぇ」

ヒューはいっそう眉をひそめたのだと思う。

「だが、一つ前の町までは確かに使者は来ていたはずだ。直接使者が来てなくても私たちのことは聞いていなかったか？」

「全然聞いてないですよ」

「埒《らち》があかないな」

確かにそうである。

「ヒュー、町長のところに一緒に行かないか。そのほうが早い」

「それもそうだな」

ヒューは私たちに待つように言うとバートと二人で町の中に行ってしまった。

「さて、と」

私はおもむろに立ち上がると、竜車を降りようとした。

「リア、いけません」

「なんで？　けっかいのなかよ」

「それはそうですが」

「じゃあにいさま、いっしょにいこう。リアはりゅうしゃにつかれたの」

乗り物に乗って移動するのは疲れるものなのだ。

「それならまあ」

兄さまはさっと立ち上がるとあっという間に竜車から降りてしまった。さすがである。そして素早く左右を確認し、私に手を差し出した。

「はーい！」

「よっと」

兄さまのかけ声と共にくるりと一回転して私はトレントフォースの地面に、正確にはもうすこしで町ですよというところの地面に足を降ろした。それからすうっと大きく息を吸いこんだ。

「おちゃのじかんにします！」

午後のまだ日も高い時間だが、話が通るまでまだかかるだろう。

ここは誰かが指示を出さねばなるまい。

私の宣言に、わらわらとみんなが動き始めた。その隙に私は挨拶に行こう。

「ニコ！　おそとであそぼ！」

「わかった！」

ニコもギルによっこらせと馬車から降ろされている。

私はニコと手をつないで門番みたいなことをしている町の人の側にとことこ歩いて行った。

「こんにちは！」

「こんにちは！」

かわいい二人組にメロメロのはずである。

「あんた、その紫の瞳……」

町の人は、まず私の瞳に気がつき、目をウルウルとさせた。

「ちゃんと父ちゃんのところに帰れたのか？」

「うん！　きょうはにいさまもいるよ！」

「よかったなあ、よかったなあ」

私が無事に帰れたということは伝わっていたとは思うのだが、新聞で知らせるようなことでもないし、こんなふうに気にかけてもらっていても、実際にどうだったのか心配してくれていた人もいたのかもしれない。ありがたいことだ。

「こっちがわたしのともだち。ニコです」

「うむ。ニコラス・マンフレッド・キングダムという。みしりおけ」

「ひえっ。キングダムの王子様……」

気絶しそうな町の人は置いておいて、私は二つの建物の向こうを眺めた。

「そこにまちがあるのに」

「ああ、にぎわっているな」

二つの見張り小屋の向こうには大きな広場があって、そこからすぐに町が始まっているのだ。

何が起きているかとこちらを見ている町の人もいるというのに、歯がゆいことである。

「これだけ大人数だと、どこに泊まるかの手配もあるから、もう少し待っててくれよ。決して歓迎してないわけじゃないからな」

町の人は立ち直ったのか、ちゃんとそう説明してくれた。

「うん。だいじょうぶ。トレントフォースはいいひとばかり。リアはしってる」

「そうか、そうか」

泣きそうな町の人は置いておいて、私はお茶を飲むために戻っていった。

ナタリーや王子様のお付きの人などがこまめに動き、あっという間にテーブルに椅子が並べられ、お茶やお菓子が用意されていく。

「やあ、君もどうだい」

町の人はカルロス王子にお茶のカップとお菓子を手渡され、目を白黒させながら口に運んでいる。今日のお茶は味がしないに違いない。

そうしてくつろいでいると、逆に視線を感じるような気がする。

「これはなかなか。人に見られるのは慣れていますが、この状況は初めてかもしれません」

悠然と足を組んでお茶を飲む兄さまの視線の先には、さきほど私が挨拶に行った町の入口の二つの物見小屋があり、その物見小屋の向こうにはたくさんの町の人が見え隠れしていた。私たちを見物するために違いない。

「この様子では、あらかじめ私たちが来ると知っていれば、もっと大騒ぎだったでしょうね。本当に使者は来ていないんですね」

なにか考えているような兄さまをはじめ、町の人たちのたくさんの視線にさらされているというのに、まるでお城の庭でお茶会をしているような落ち着いた人ばかりなのは、さすが王族に四侯という感じである。

だが、私はそれどころではなく、お茶のカップを置いてぴょんと立ち上がった。兄さまの視線を追った先に見つけたのだ。

「エミ！」

いつも優しく気にかけてくれた、魔道具屋のおかみさん。そして私のぬいぐるみを作ってくれた人。私が風のように走り寄ると、大きく手を広げてくれた。

「エミ！　リア、またきたよ！」

ギュッと抱きしめてくれたエミは相変わらずふかふかだ。

「リア、本当に大きくなって。あんまり早く走るから、リアじゃないかもしれないって思っちまったよ」

「リア、まえもはやかった」

声が湿っているのは私も同じだ。

「まだぬいぐるみを持っていてくれたんだねえ」

「うん。リアのだいじなぬいぐるみ。あぶないとき、リアをなんどもたすけてくれた」

「そうかいそうかい。作ったかいがあったってもんだよ」

中に魔石を縫いこんでくれたのはミルだけれど、そもそもぬいぐるみを持っていたおかげでキングダムが救われたのだ。真実は言いたくても言えなかったけれど、エミのくれたぬいぐるみは、確かにいつも私の心の支えであった。

「ブレンデルは？」

「ブレンデルのこともちゃんと覚えてたのかい、ありがとね」

エミは少ししわの寄った目元を緩めた。

「ブレンデルは今、あんたたちをどこに泊めるか町長のところで大騒ぎして決めてるよ」

「俺らのうちはまだ空いてるかなあ」

ミルがにやにやと口を挟んだ。いつの間にか、キャロやクライドも町の人と話をしている。

「空いてるけどさ。ミル、あんたはもう、相変わらずだねえ。領都に行っていい人はできなかったのかい」

「みんな見る目がないんだよ。俺たちなんてハンターなだけじゃなくて、ヒューにまで仕えてる好物件だってのにさ」

ぷーと口を突き出すミルには、当分彼女はできそうもない。

再会に賑わっていた人々が、ふと静まり返った。

「あの」

振り返ると兄さまが後ろに立っていた。兄さまの隣にはギルが、その隣にはアリスターが。

私と兄さま。アリスターとギル。どう見てもそっくりで、家族であることは明らかだ。

「にいさま、エミ。ラグりゅうのぬいぐるみをつくってくれて、いつもやさしかった。エミ、にいさまよ」

私はすかさず紹介を始める。

「エミ。ルーク・オールバンスといいます。わがオールバンスの至宝であるリアを慈しみ、大切にしてくれたこと、聞き及んでおります。その節は本当にありがとうございました」

兄さまは珍しく深々と頭を下げた。

「まあまあ、そんな、当たり前のことをしただけですよ。頭を上げてくださいな」

エミは兄さまの手を取った。

「リアがどんなにお利口だったか、いくらでも話すことができますよ。お父様が迎えに来るということを信じて疑わず、本当に健気《けなげ》でね。それにしてもあんたたち、その金の髪と紫の瞳、本当にそっくりだね」

エミはそのまま視線をアリスターに移動させた。

「アリスター、元気そうでよかった」

「うん、エミ。俺ね、俺」

アリスターはニカッと笑った。

「魔道具、ちゃんと作ってるよ」

「そうかい。あんた木工が好きだったもんね。いい箱作ってるんだろうね」

「うん。そんでこいつが」

アリスターは隣のギルを見上げた。

「俺の、ええと俺の」

アリスターが説明に困っているところにギルが助け舟を出した。

「少し複雑なんですが、私はアリスターの甥《おい》にあたります。ギルバート・リスバーンです」

「甥……」

「はい。私の父とアリスターが兄弟になります」

「それはまあ、複雑だ」

感心したようなエミの反応は嫌なものではなかった。

「アリスターも、母さん以外の家族が見つかったんだね」

「うん。領都でもバートたちと一緒の家を用意してもらって、ちゃんと勉強も仕事もしてるよ」

うんうんと頷くエミのおかげで、なんだかトレントフォースですべき大事なことはすべて済んでしまったような気さえした。

「アリスター！」

「リア！」

少し高い声がしたかと思うと、街の奥から子どもたちが走ってくる。

最初に飛び込んできたのはノアだ。

「アリスター！　元気だったか」

「お前も元気そうだ」

ノアは親が虚族にやられてしまった子だ。当時はだいぶ沈んでいたが、どうやら元気になったようすだ。

それから、少し上品に走ってくる妹を急かすに急かせず、遅れてやってきたのは、町長の子どものレイとエイミーだ。

「リア！　こんなに早く会えるなんて思っていなかったわ！」

「エイミー！」

私はぬいぐるみごとぎゅうぎゅうと抱きしめられた。

「さあ、行きましょ。お父様が、リアはおうちに泊まっていいって。新しいラグ竜のお着替えもあるのよ」

エイミーは前にそうしていたように私の手を握ると、ニコニコと町に連れて行こうとした。

「まって、まって」

私は慌てて足でブレーキをかけた。この強引さ、まごうことなき懐かしのエイミーである。

「どうしたの？　バートたちのおうちは、掃除しないと使えないわよ？」

「エイミー、落ち着いて。リアだけじゃなくて、たくさんのお客様がいらしているんだよ」

レイはさすがに落ち着いている。

「少なくとも、リアが愛されていたということはよくわかりました」

兄さまが苦笑しながら、私が連れ去られないよう手を伸ばしているのが見えた。

「まあ、リアにそっくり！　素敵だわ」

エイミーは私の手をパッと放したかと思うと、兄さまににじり寄った。兄さまが思わず一歩引くくらいの勢いだ。

「もしかしてリアのお兄様ですか？　私、リアの親友のエイミーです！」

「え、ええ、リアの兄のルークです」

「まあ、まあ、本当にそっくり」

エイミーは感動したように両手を胸の前で握り合わせると、兄さまの周りをくるくると回って嬉しそうだ。

そしてそこで初めて冷静になったようで、アリスターに目をやり、ギルを見て、それからカルロス王子を見て目を見開いた。

「なんてこと。みんな身分の高い人なのね」

「そう。エイミー」

私はエイミーの服をつんつんと引っ張った。

兄さまもギルも大切だけれど、エイミーが手を離したすきに、私がこの人を紹介しなくて誰がするという勢いで急いでニコを引っ張ってきたのだ。なにしろ家族も知り合いもいないのだから。ちなみにカルロス王子も知り合いはいないが、大人だからなんとかするだろう。

「リアのおともだちの、ニコです」

「ニコラス・マンフレッドだ。よろしくたのむ」

ニコは相手が子どもということで気を使ったのか、挨拶が少し砕けた感じになっている。

「ニコっていうのね。まあ、かわいらしい。トウモロコシみたいにきれいな瞳ね。でも」

エイミーがちょっと首を傾げたのが気になったが、子どもたちの後を追いかけるようにして慌てて町長や他の町の人がやってきたために、なんとなくうやむやになった。

「かわいいといわれた。あと、トウモロコシって」

「かわいいのはいいことよ。それに、トウモロコシはおいしいから、リアはすき」

「そうだろうか」

複雑そうな表情のニコは実際かわいいと思うのだが、王子様にかわいいなどという人はいなくて慣れていないのかもしれない。だが、ニコの目をトウモロコシ色という人は初めてなので、新鮮な気持ちではある。

「いきなりで驚きましたが、とりあえず私の屋敷へどうぞ。それと町の宿屋で今日はなんとかなりますが、長期の滞在になるかもしれないということで、明日からはもう少しきちんと考えましょう」

これもまた懐かしい町長さんがヒューにそう言っている。きっと今回も胃薬を飲む羽目になるに違いない。

「それにしても、ヒューバート殿下、なんというか、ずいぶん雰囲気が変わりましたな」

「私は何一つ変わってなどいないが」

「ハッハッハ。ずいぶん優しい目で小さい人たちを見ていますよ」

「なっ！　そんなことはない！」

そこをそんなに強く否定する必要があるだろうか。

「あの時の寒々しい交渉を思い出すと、今のこの状況は今の季節にふさわしい春の陽だまりのようですよ」

「当時も寒々しくなどなかった」

話が弾んでいて、並んで歩いている二人は仲良しなのではと思うほどだ。

「ファーランドのお方も、申し訳ありませんが屋敷まで歩いてもらっても大丈夫ですかな」

「竜車にも乗り飽きていたので、かえって都合がいいくらいだ」

カルロス王子も絶好調である。歩きながら爽やかに手を振るので、町のお嬢さんやお母さんたちから黄色い歓声が上がっているのもいつものことだ。

「これだけはありがたいと思いますよ」

兄さまがこそっとギルにこぼしているのを聞いてしまった私である。

「カルロス殿下のおかげで、俺たちが愛想を売る必要がないからな」

「全くその通りです」

だが、私はカルロス王子が愛想を売ろうが売らなかろうが、やっぱり手を振る。

なぜかというと、こんな声があちこちから聞こえるからだ。

「リア、おかえり！　大きくなって……」

元気だったよと、一人一人に返すわけにもいかないから、私はにっこりと笑って手を振るのである。

「もうよちよちしていないなんて……」

そんながっかりした声も聞こえるが、そもそもよちよちなどしていなかった。

ブレンデルの店の前を通って、山のほうに向かうと、やがて町長の屋敷が見えてくる。

こうして改めて見てみても、ケアリーの町長の屋敷よりはだいぶ小さい。それでも町の人が避難できるように大きな部屋があったりと、辺境にしては充実した屋敷なのである。

「この人数が泊まれますかね」

兄さまの途方に暮れたような声に、バートがブフッと噴き出した。

「さすが兄妹。リアもちっちゃいって言ってたよなあ」

「それは四侯のお屋敷に比べたらそうでしょうが」

町長が困ったように笑った。

「俺、キングダムに行ってリアんち見てきたけど、ほんとに大きかったぜ。ウェスターの城より大きいかもしれねえ」

これはキャロだ。大工の仕事もしていたので、建物には目が行くのだろう。ちょっとわからないという顔をしていた町長に、キャロは言い直した。

「ケアリーの町長の屋敷よりもずっと大きかった」

「ああ、それなら想像ができるよ」

領都はトレントフォースから遠すぎて、町長も行ったことはないのだという。

「あのケアリーだからちょっと下品かなと思うがそんなことはなくて、同じ町長でもこうも違うのかと思うほど立派なお屋敷だったな」

ケアリーは行ったことがあるよと目を輝かせた町長にキャロが何気なく話を振る。

「そのケアリーの町長の話は聞いたか？」

「なんのことだ？」

私たち一行に緊張が走った。道中のどの町も、ケアリーの町長が罪を犯して領都に護送されて行ったという話は私たちより先には届いていなかったが、やはりトレントフォースにもまだ届いていないのだ。

「それはまた後で話す」

そうしてその日はとりあえず町長の客室でお世話になることになった。

ヒューだけでなく、なぜファーランドのカルロス王子までやって来たか。そして何より、なぜ私たちキングダムの一行までトレントフォースに来ているのか。

大人たち、というか兄さまやギルまで含めて、大きい人たちは夜まで真剣に話をしていたが、私はといえば何の役にも立たないので、ニコ、そしてレイとエミリーと一緒にいつも遊んでいた部屋に送り出された。

「なつかしい」

ここにいた当時、何やら怪しい人影が見え隠れするようになったせいで、日が暮れるとここに預けられて、夜にバートたちが迎えに来るまで過ごした部屋だ。

「リアがいなくなってからもね、ここが子どもたちの遊び場になっているのよ。働いているお母さんお父さんには好評なの」

エイミーが指さした先には、たくさんの積み木や、古いラグ竜のぬいぐるみなどが置いてある。

「積み木も試作品は全部ここに来るから、いろいろな物があるよ。ニコだっけ、遊んでみないかい？」

レイが優しくニコを誘う。ニコは素直に目を輝かせると、積み木のほうに向かった。レイは私がいた頃も面倒見がよかったが、たとえキングダムの王子様だろうと分け隔てなく面倒を見る方針のようだ。町長としての素質がある気がする。

「アリスターも誘ったんだけど、仕事があるからって断られちゃったんだ。ここにいた時も確かに働いてたけど、なんだかずいぶん大人っぽくなっちゃってさ。ちょっと悔しいな」

私はエイミーとラグ竜のほうに向かいながら、窓から見える暗い外のほうも少し気になっていた。アリスターが仕事というからには、それはバートたちが仕事だと言ってるのと同じことだ。バートの仕事といえば、最近はハンターではないが、ハンターで慣れているから、夜に出かける仕事をすることも多いと言っていた。何か気になることでもあるのだろうか。

私はぶるりと震えると、気を取り直すように肩からかけているラグ竜を外した。気にしても仕方がないこともある。

「新しい着せ替えがあるのよ」

「たのしみ！」

レイとニコがきっと積み木でお城を作ってくれるだろう。私とエイミーはそこでラグ竜を遊ばせるのだ。私もエイミーも、そしてニコもレイも、もう寝る時間ですと呼び出しが来るまで、まるで昔から一緒に遊んでいたかのように楽しく過ごしたのだった。


「いいあさ！　あれ？」

いつものように爽やかに起きた朝であるが、なんとなくいつもと違う気がする。

「トレントフォースだからか？　そうか、けっかいがあるからだ」

最近は旅暮らしなので、毎日違う天井を見ることにはもう慣れていたが、キングダムの結界の中がこれほどまでに安心するものだとは思ってもみなかった。

「あと、にいさまがいない」

いつもなら一緒の兄さまが見当たらない。昨日の夜も、私が眠るまで部屋には戻ってこなかったし、なんとなく寂しい。

「昨日夜に出かけたバートたちに何か動きがあったらしくて、その話を聞きに早くから起きられたようです」

そう教えてくれるナタリーの手には、縫いかけのぬいぐるみがあった。

「むりしてない？」

「夜はちゃんと寝ておりますよ。昨日はリア様たちが遊んでいるのを見守りながら、縫物をしていましたし」

ナタリーが私をからかうかのようにほんのちょっと口元を緩める。

「リア様のマールライトより先に、ぬいぐるみができちゃいますよ」

「あといちにちだから、きょう、がんばる！」

私も午前中にちょっと部屋にこもって頑張ろうと誓うのだった。

おいしい朝ご飯は食堂で出されたが、昨日何があったのかを幼児に話してくれる人はいなかったので、もくもくといただく。その後私とニコは暗黙の了解で、一時間だけお互い一人の時間を作ってもらった。客が来ても、エイミーもレイも自分たちでする勉強があるので、朝から遊び放題というわけにもいかずちょうどよかったようだ。

ちょうど一時間後、私の部屋にトントンとドアを叩く音がする。

「わたしだ」

ニコである。ハンスが静かにドアを開けてくれた。

「ハンスもみんなのところにいっていいのに。ここはけっかいがあるからだいじょうぶよ」

ハンスは昨日、お屋敷と敷地内をひと通り見終わってからは、ずっと私のそばにいてくれている。

「いえ。結界があるところこそ、俺のいる意味がありますから」

「そうなの?」

よくわからないがハンスとナタリーは大好きなので問題ない。

「リア、マールライトはしあがったか」

「もちろん。せーの」

私たちはお互いに握りしめたマールライトを差し出した。

ニコは大きめの、私はその半分の大きさのものを三つずつだ。

「せっかくしあがったというのに、いちばんひつようとしているアリスターがいそがしそうでな」

「そうね。はこもほしいところなのに。あ」

私ははっと思いついた。

「ブレンデルに、はこだけもらえないかな」

「ブレンデルとはだれだ？」

「まどうぐやさん」

お昼ご飯の頃に頼んでみようと思う私だった。

「ニコ、アリスターにいっこあげるでしょ？　残りはどうするの？」

「あと二つか。作ることばかりかんがえていたが、そうだな」

ニコは腕を組んで真面目に考えて、こう結論を出した。

「ヒューとカルロスどのにするか」

ハンスとナタリーがほっとしたように頷いたので、それで正解だったらしい。

でも、私にはちょっと納得がいかない。

「ニコのぶんはどうするの？」

「わたしはけっかいが作れるからいらぬ」

「アリスターだってつくれるよ？　それにわたしだってつくれるけど、あ」

別にニコが身につけるのは、ニコが作ったものでなくてもいいことに今、気がついた。

「ナタリー」

「はい、リア様」

ナタリーは察して、作ったばかりの小さなぬいぐるみとローダライトと小さな魔石を渡してくれた。

魔石をどこから手に入れているのか、いつも持っているのがちょっと不思議ではある。

私は小さなラグ竜のぬいぐるみに、私がつくったマールライトとローダライトを押し込み、ポケットに魔石を詰めこんだ。

「はい、これ、ニコのぶん」

「だがこれは」

ニコが嬉しそうだが、受け取るのをためらっている。

「どうして？　ほしくないの？」

「これはよんこうのしるしだと、リアがうたっていたではないか」

私の変な歌が聞かれているとは思わなかった。恥ずかしくて思わず赤くなるところだったが、そんな場合ではない。本当は欲しいのに、私の変な歌で我慢させてしまったかもしれないのだ。

「ナタリーをみて」

ナタリーはニコに腰のぬいぐるみが見えるように向きを変えた。

「ナタリーはよんこうにつかえてて、よんこうみたいなものだけど、よんこうじゃない。でも、ぬいぐるみをもってる」

私はまたふすふすと鼻を鳴らした。このところ、長くて複雑な文章もぺらぺらと話せるようになったのが自慢である。

「ニコはよんこうのなかまというか、ともだちだからぜんぜんいい」

本当は四侯を統べる者と言ってもいいのかもしれないが、友だちくらいでよいだろう。

「それもそうか。みんなおそろいだとたのしいな」

ピンクのラグ竜だから嫌だなどと誰も言わないところが最高だと思う。

ちなみに、小さいほうの色は私の大きいラグ竜ぬいぐるみに合わせているのかと思ったら、レースの町で買ったピンクの布がたくさんあったからだそうだ。

「けっかいをつくるときは、こうして」

「ませきをポケットから出しておしこむのだな」

トレントフォースで使う機会などないのが、ニコはすぐに使い方を理解してくれた。

「のこりのふたつは、エイミーとレイにあげたいな」

「それはルーク様に相談してからにしてください」

すかさずハンスに反対された。

私が頑張って作っても、できた物の行く先は勝手に決められないとは世知辛《せちがら》いものだ。

「けっかいのぎじゅつはきちょうなものだ。そうかんたんにわけあたえてはならぬ」

「はーい……」

ニコにまで諭されてしまうとは情けない限りである。

トントンと、今度聞こえてきたのは兄さまだろうか。

「リア！　ニコ！　お勉強は終わりよ！　あそびましょ」

私はニコと顔を見合わせて笑った。

「エイミーだ！」

「行こう！」

ハンスとナタリーに厳重に見守られながらレイとエイミーと遊んでいると、すぐにお昼の時間になってしまう。

大人たちの葛藤を知らない私は、このままこうして楽しい時間が過ぎていくのだと思っていた。

だが、昼食の時に、昨日ぶりに顔を合わせた兄さまは、厳しい顔をしていた。

「リア、ニコ殿下。それからエイミーに、レイも」

昨日自己紹介したけれど、それでも兄さまがわざわざエイミーとレイと名前を呼んだのは不自然な気がする。そしてその違和感は正解だった。

「しばらくはこの屋敷から出てはなりません」

しっかりとその内容が伝わるように、注目させたということのようだ。

「どうしてだ？」

私が抱いた疑問は当然ニコも抱くはずだ。兄さまは一言一言はっきりと口にした。

「お父様の、いえ、キングダム側の予想が外れたかもしれません」

「おとうさまのよそう……」

旅を楽しむばかりですっかり忘れていたが、私は何のためにトレントフォースにやってきたのか。

「あいつが、いる？」

兄さまは重々しく頷いた。

「こんな土地に二人組のラグ竜の商人がこのタイミングでやってきていたなんて、あいつしかありえないでしょう」

自分も含めて、名前を言ってはいけないあの人の扱いだが、名前を呼ぶと親しい感じがするからこそれで正しいのかもしれない。

それにしても、逃げるのであれば、ラグ竜の商人などと名乗らずに、普通に旅人として通りすぎればいいだけのことなのにと思う。

町長も一緒に食事をとりながら、このあたりのラグ竜の価値について説明してくれた。

「ここらへんじゃあラグ竜は公共物みたいなものなんだよ。草原地帯では牧場のように囲っている土地もあるらしいが、ここらは海と山の距離が近くてそんなに広い場所はないし。町の入口のあたりにゆるく囲ってあるけど、好き勝手に出入りできるからなあ」

おじいさまのところにも牧場はあったし、竜の卵を盗もうとした人も見たことがある。だが、確かにトレントフォースにいた時はそんな話は聞いたことがなかったように思う。

「ヒューバート殿下みたいに専用のラグ竜を持っている人はまずいないねえ。だからラグ竜を売り買いしてる旅人がいるって聞いて、ちょっと驚いたんだよ。もっとも、一泊だけして、すぐにファーランドのほうに旅立ったらしいが」

町長が食事をとっているレイとエイミーを愛しそうな目で見ながらそう説明してくれた。町長自身は噂を聞いただけで直接顔を合わせてはいなかったらしい。

「宿屋に泊まり、魔道具店に行き、それに食料の買い出しをしていたらしい。店員によると、二人組の大きいほうの一人は、顔にやけどの傷があるとかでフードをかぶっていたから、どんな人かはわからなかったそうだが、もう一人のほうは、その犯人像と一致したんだ」

ケアリーではサイラスとシーブスと名乗っていたらしいが、そのシーブスのほうも私は顔を覚えている。

「私、見たわよ?」

エイミーがきょとんとした顔をして口を挟んだ。

「何をだ?」

町長がいぶかしそうに聞き返す。

「フードをかぶっていた人。背が高いから、見上げたらちょうど顔が見えたの」

「なんだって! いつ接触したんだ?」

町長はがたんと音を立てて立ち上がった。

「町を歩いていた時。町長のおうちはどこですかって聞かれて、山のほうに見えるあの大きいお屋敷ですよって教えてあげたんだけど」

「なんでたくさんの人がいる中で、わざわざ町長の娘であるエイミーに聞くんだ?」

「しらない。お父様はいつも、旅人には親切にしてあげるように言うでしょ。だから教えてあげたんだけど」

今まで少し他人事のように話していた町長が、顔色を悪くしている。

「それは人がたくさんいる場所だったんだろうね?」

「ブレンデルの店の前よ。人がたくさんいる時だったもの。親切に、だけど慎重に、でしょ?」

わかっているわとエイミーが胸を張った。けれど、ふと頬に手を当てた。

「そうそう。珍しい、トウモロコシみたいな黄色い目をしていたの。それに、やけどのあとなんてなかったわよ。ちょっと怖い目をしていたけど、きれいな顔だったと思うの」

エイミーは自分の発言が周りを凍りつかせたのに気づかず、にっこり笑った。

「ニコの目とそっくりだったわ」

だからニコの目を見てすぐにトウモロコシの色だと言ったのかと腑に落ちた。

「間違いない。サイラスです」

兄さまの目が怖い。それを受けて、ギルがすぐに指示を出した。

「対策の立て直しをする！　一旦皆を呼び集めたほうがいい」

「わかりました。すぐに」

ギルの言葉にすぐに皆が動き始めた。

だが、私は動かない。少なくとも、デザートを食べきるまでは。

「リア！」

兄さまは私に指示を出そうとして気の抜けた顔をした。

「リアはリアでしたね。そのケーキ、おいしいですか」

「おいしい。おかわりはありますか」

私はケーキのお代わりを頼んだ。

「その調子です。リアもですが、子どもたちは決して屋敷から出ないでください」

兄さまもまだ少年だけれども、もうとっくに心は子どもの域から抜け出しているのだなあと思う。

「ルーク。アリスターたちはどうした？」

ニコも私に便乗してケーキのお代わりを頼んだ後に、部屋を出ようとした兄さまに尋ねている。やはりせっかくできたマールライトを渡したいのだと思う。

「あいつを追って、ファーランド方面に向かっています」

「そうか。わかった」

ニコは静かに頷いた。私は隣のニコの腿をぽんと叩いた。少し行儀が悪いだろうか。

「だいじょうぶ。アリスターも、小さいぬいぐるみもってる」

「よんこうのしるし、か」

「よんこうとともだちのしるしだよ」

ケーキを食べ終わったら、いつも遊んでいた広い部屋に行かされた。自分たちが遊びたくて行くのならいいが、大人の都合で行かされるとなるとなんとなく行きたくない気がするのはなぜだろう。

ケーキの食べすぎか、すぐ眠くなった私は、用意されている赤ちゃん用ベッドにすぐにお世話になってしまったのだった。

ニコに揺らされることもなく、静かに目を覚ました私は、ぼんやりと天井を見上げた。寝起きのいい私だが、なんだか胸に何かがつかえているようで、すっきりしない。

いまさらサイラスがトレントフォースに来ていたと知っても、心が動くことはない。

サイラスは私にとってはもう終わった人なのだ。だが、なぜエイミーに話しかけたのか。

私は寝転がったまま、くるりと顔を横に向けた。

二人で外に出てさらわれたのも、すぐそこだったなと思い出す。あの時、私の結界がうまく発動しなかったら、どうなっていたか。ここは安全なようでいて、すぐそこは結界の外という、危険な場所なのだ。

「ナタリー」

「はい、リア様」

先ほどから私が目を覚ましたことに気がついていたナタリーは、すぐに返事をしてくれた。

私はそのまま何も言わず、エイミーとレイと、それから楽しそうに、でも静かに遊ぶニコをしばらく眺めていた。それから小さいお願いをする。

「ラグりゅうのぬいぐるみ、もってる？」

「はい。ここに」

小さいとはいえ、もこもこしているぬいぐるみを二つ、ナタリーはポケットかどこからか出してきた。メイドの制服、すごい収納力だ。

「リア、これ、エイミーとレイにもたせたい」

「それは……。ハンス、どうしましょう」

いいにしろ悪いしろ、すぐに返事をくれるナタリーが悩んでいるうえ、ハンスに相談するとは驚いた。

「リア様、そんな驚いた顔しないでください。俺のやる気がなくなるでしょうが。俺はけっこう優秀なんですよ。ナタリーに頼られるくらいには」

ハンスも私に張りつきつつ、きちんとニコたちのことも見てくれている。その他にも部屋にはニコの護衛たちもいるから、この部屋はなかなか厳重に守られているといえる。

「昼の話は俺も聞いていました。なんだかきな臭い話でしたし、前はルーク様に相談してからと言いましたが、ここは貴重な技術がどうこう言うより、町長に恩を売ったほうがいいと判断します」

ハンスは小さい声でけっこうひどいことを言った。だが、これで許可は出た。

「よし！」

私はぴょこりと起き上がった。

「リア、起きたのね。あいかわらずよく寝る子ねえ」

ちょっとお姉さんぶっているエイミーにプーと唇を突き出すと、私はよっこらしょとベッドから降りた。

「エイミー、レイ」

私はナタリーからぬいぐるみを受け取ると、二人をちょいちょいと手招きした。

「リア、いいのか？」

ニコの真剣な目に、私はこくりと頷いた。

「これ、おまもりだから、リアがいるあいだは、ずっとみにつけててほしいの」

私は、ぬいぐるみのポケットから魔石を取り出し、ぬいぐるみの中に押し込んでから一人ずつ手渡した。

「かわいいけど、ちょっとかわいすぎるかな……」

確かにレイの年の男の子がこれをつけていたら、恥ずかしいと思うかもしれない。

「レイ、わたしとおそろいだぞ」

「ニコとおそろいは嬉しいけど。でもなあ」

ニコはまだ小さいからつけられるのだというレイの心の声がする。

「アリスターもつけてるよ」

私はとっておきの情報を出すことにする。とはいえ、皆知っていることかもしれない。

「そういえばつけてたな」

アリスターの姿を思い浮かべたのか、レイもやっとつけてくれる気になった。

エイミーはといえば、喜んでとっくにつけてくれている。

「みんなでおそろいって素敵ね」

「ともだちのしるし。いちにちいっかい、リアがきもちをこめるから」

エイミーはただ普通に喜んでくれていたけれど、普通の贈り物ではないとレイは察してくれたと思う。つけっぱなしの結界に、魔力を感じ取れる人の中には何かを感じてもの言いたげな人たちもいたが、事情を聴くには忙しすぎたのだろう。誰も何も聞かないでいてくれた。

その日の夕方、バートたちは難しい顔で帰ってきた。そう言えばヒューとファーランド一行がいないと思ったら、ヒューも出かけていたようで一緒に戻ってきた。ファーランド一行はどうしたのだろう。

皆のことは丸一日以上見かけなかったが、その間ずっと出かけていたようで、さすがに疲れた顔をしていた。

「途中で伝言をもらってもう一度ファーランド国境に引き返す羽目になったから、疲れたよ。それでも俺が足手まといにならなくてよかった」

食後にアリスターが、部屋まで事情を話しに来てくれた。隣にニコもいるのは、先にニコの部屋に寄って連れてきてくれたらしい。腰にはちゃんとぬいぐるみがついていて、私はほっとした。

ニコはポケットからマールライトを引っ張り出して、アリスターに手渡した。

「あたらしいマールライトができたのだが、アリスターとヒューとカルロスおうじがつかうとよい」

「もうできたのか、ニコ。すごいなあ」

アリスターは嬉しそうだが、腰のぬいぐるみをぽんと叩いた。

「でも、俺にはこれがあるから大丈夫だ。こっちは預かって、先にヒューとカルロス王子の分を作っておくことにするよ」

アリスターは嬉しそうにマールライトをしまい込んだ。

「アリスター、ファーランドのほうにいっていたの？」

「ああ。リアの父さんが言ってただろ？　ファーランドとウェスターの国境も閉鎖して、あいつをファーランドからウェスターへ戻ることのないようにするって。まあ、結局ウェスターにいたってオチなんだけどな」

苦笑いのアリスターだ。

「初日はさ、俺たちが来た道を逆にたどって、使者の痕跡がないか探したんだ。何も見つからなかったけど、虚族にその姿が映されてた。わかるよな」

「ああ。わかる」

ニコがしっかりと頷いた。使者は一生懸命先行して役目を果たそうとしていたのに、トレントフォース一歩手前で命を落としたということになる。大人たちが私たち子どもに言いたくなかったことを、アリスターが教えてくれた。

「でも、どうして」

その先の言葉がつながらなかった。

聞きたかったのは、どうして亡くならなかったのかではない。

どうして虚族にその姿を映されたのかである。

虚族は生きた者しか襲わない。そして生きた者の命を吸い、その姿を映す。

つまり、使者は誰かに殺されたのではなく、虚族に命を奪われたことになるのだ。

殺す理由があるなら、その姿は見えないほうがいいではないか。

「わからない」

アリスターも首を横に振った。

「そのわからない中で、あいつら二人組らしい旅人がトレントフォースからファーランドへ向かったとわかった。俺たちは、その二人組が通ったかどうかを確かめに国境に向かったんだ。適当にあしらわれないために、ファーランドのカルロス王子を連れてさ。さすがに自国の王子はわかるだろってことで。ウェスターからは今回国境に兵は出してないからな」

ヒューが行ってもあまり意味はなかったかもしれないということである。

「いちおう、街道沿いにファーランドの兵はいた。型どおりに国境を越える人はチェックしていたようだけど、怪しい二人組は通らなかったってさ。それでとりあえず戻ってきたら、途中でサイラス確定って知らせが来て、慌てて国境に戻って」

アリスターは手を行ったり来たりさせて説明してくれた。

「国境の警備を厳重にすることと、ファーランドの領都とキングダムに連絡することをカルロス王子が指示を出してて、そのままそこに残ってくれた。で、俺たちはまた急いで戻ってきた。そして今ここにいるってわけ」

一気に説明してくれたアリスターは、ふうっと息を吐いて椅子に腰かけた。

「アリスター、がんばった」

私は背伸びして、椅子に座ったまま屈みこんだアリスターの頭をよしよしと撫でてあげた。

「うん、頑張ったけど、一番大事なことは何も解決してないんだ」

「サイラスが見つからないことか」

「ああ」

アリスターは、座ったまま膝に頬杖をついた。

「国境の警戒に気がついて、このままウェスターに戻った可能性もある。だが、ここにはあいつが倒したかったキングダムの王族と四侯の後継がいる。ヒューと、カルロスもだ。好機だと、そう思うかもしれない」

「りゆうがない。サイラスはあのときも、リアたちをそのままにしたもの」

「そうかもしれない。だが、そうでないかもしれない。ただ逃げていただけかもしれないが、国境を通っていないということは、自分が怪しまれ追われているということに気がついたかもしれないということなんだ。追い詰められたら、なにをするかわからないだろ」

何もせずに、私の目に入らないどこかの町の片隅で、普通に生活していてくれたらよかったのに。

「じゃあ」

「ああ。明日からはこの付近を大捜索だろうな。リアもニコも、しばらくは屋敷暮らしだ」

「おにわもだめ？」

「駄目だよ。前回どこでさらわれたのか忘れたのか」

はい、庭です。

こうして次の日からも、部屋遊びの日々と決まってしまった。

第六章

夜明けの空

「私も捜索に出たいが、子どもだからダメと言われてしまった。アリスターもルークも捜索に出ているのに」

少し苛ついているレイであるが、その気持ちはわかるような気がする。レイは町長の息子だから、いつも皆を守って残る役割になってしまう。アリスターのように前線に出たいという気持ちはわからなくはない。

とはいえ、ハンターとして働いていたアリスターと自分が違うことはわかっているから、ちゃんと我慢しているのは偉いと思う。

「ニコとも外で走り回れたらいいのにな」

「とてもそうしたいが、ここはがまんするしかない」

危ないから邪魔にならないようにしてほしいという要請には慣れ切っている私たちである。

「リア」

レイが私のほうを振り返った。

「裏のウェリントン山脈のふもとの森にはね。ウェリ栗が少し生えてるところがあるんだよ」

「ウェリぐり！」

「もし秋までいたら、一緒に採りに行こうな」

「うん！」

栗拾いは草だらけで大変なのよとエイミーにため息をつかれながら、今はできない外遊びに思いを馳せる。

「とはいえ、へやにいるのはあきるな」

私がお昼寝の間静かにしていたらしいニコは、外に出たそうに窓を眺めた。いざという時にたくさんの人が入れるように、窓の一部が開き戸になっているこの部屋は、その窓枠にもしっかりとローダライトがはまっている。

「そうだな。この部屋だけだと飽きちゃうから、厨房にでも行っておやつをねだってこようか」

レイの提案で、おやつをねだりに行ったり、お屋敷の探検に行ったりして、なんとか飽きずに皆が帰ってくるのを待つ私たちである。

「そろそろぬいぐるみのお着替えをたたみましょうか」

「うん」

エイミーと二人でぬいぐるみの服を畳んでいると、窓の外は日が陰り、薄暗くなってきているのが見えた。

キングダムにいるときは気になったことなどなかったが、ウェスターではこの時間はいつも胸がざわめくような気持ちになる。

いや、本当にざわめきが聞こえるかもしれない。私が完全に窓のほうに体を向けると、ハンスの静かな声が部屋に響いた。

「リア様、下がってください。ニコ殿下、そして町長のお子さん方も」

私はエイミーと、ニコはレイと手をつなぎ、部屋の入口まで下がった。その前にナタリーが立ち、ハンスとニコの護衛が前に立つ。

「何度目だ、これは。ラグ竜の足音だ」

ハンスの言葉に、先ほどから胸に響くざわめきの理由がわかった。

「おそらく、今回も攪乱だ。本当の狙いは別。リア様、ニコ殿下、逃げる準備を」

私はエイミーの手をぎゅっと握った。逃げるなら一緒だ。

やがて音が大きくなると、窓の外をラグ竜が駆け抜けていくのが見えた。やがて飽和したように、ラグ竜の動きが悪くなる。かと思うと、どかっどかっと大きな音が近づいてきた。

ドカン、ガッシャーンと、開き戸がはじけ飛ぶ音がし、ドカリドカリと飛び込んできたのは大きなラグ竜だったと思う。私の目の前には、私を抱きしめるナタリーのエプロンが広がっているだけで、目の端に茶褐色の何かが動いているのをかすかに感じ取れるだけだった。

「その黄色い目！　お前は！」

ハンスの声が響いた。

「邪魔者を押さえておけ」

背筋がぞっとした。私は確かにこの声を知っている。

「キーエ！」

いいわよ。

ラグ竜が返事をすると、ドンという音と共にナタリーごと私の体が揺れ、ハンスの焦った声が聞こえる。

「うわっ。やめろ！」

なぜラグ竜が返事をしているのか、ハンスは誰に何をされているのか。呆然としている私の体がもう一度ナタリーごと大きく揺れたと思ったら、握っていたエイミーの手がすぽっと抜けた。

「キャッ」

「黙れ」

何が起きているのだ。私はもがいたがナタリーが離してくれない。

「エイミー！」

「リア！」

エイミーの声が上のほうから聞こえる。なぜだ。わからないことばかりで焦燥感だけが先に立つ。

「うわっ！　やめろ！」

「お前も黙れ！」

「レイ！」

レイに怒鳴りつけるこっちの声も聞き覚えがある。

「動いてはなりません！」

ニコのもがく気配と、護衛が叱る声がする。

「淡紫よ」

叫ぶ声に、ラグ竜の足音、人がもみ合うような気配に、窓から吹き込んでくる夜の風。

大きな声ではないのに、サイラスの声は喧噪《けんそう》の中、なぜか私に届いた。

「自分のせいで、人が死ぬのはどんな気持ちだろうなあ」

これほど背筋が冷えたことがあっただろうか。

「エイミー？」

「リア！」

みしりという音は、竜が人を乗せた時の装具の音だ。

「行くぞ」

「キーエ！」

「リアー！」

「エイミー！」

ドカリドカリと、ラグ竜の足音は去っていく。

「リア様、ご無事ですか」

ハンスの確認の声が聞こえる。

「だいじょうぶよ、ナタリーがまもってくれたから。でも」

「よかった……よかった……」

「ナタリー？」

私を抱き抱えていたナタリーの体から力が抜け、斜めに滑り落ちた。

「エイミーとレイが連れ去られたぞ！　追え！」

ハンスの声が響く。

「ハンス！　ナタリーが！」

「なんてこった！　ナタリー！　チッ。すまねえ」

それからハンスは護衛の一人にナタリーを任せると、追跡の指示にいなくなってしまった。ぐったりしたナタリーは、護衛の手によって屋敷内に運ばれていった。

「リア……。レイが」

「ニコ……。エイミーとナタリーが」

レイと手をつないでいたはずのニコの手は空っぽで、エイミーと手をつないでいたはずの私の手も空っぽだ。そして私を守っていたナタリーは怪我をしてしまった。

「いったい何があった！」

飛び込んできた町長に、私たちがいったい何を言えるだろうか。

そもそもなにが起こったのかさえ、わかっていないのだから。ただ、レイとエイミーが連れ去られたという事実のみがそこにあった。

ニコも護衛に、私もナタリーに守られていたからほとんど何が起きていたかわからなかったが、ニコに複数ついていた護衛が一部始終を見ていた。

「部屋の外にラグ竜がいっぱいになったと思ったら、開き戸を蹴破ってラグ竜に乗った男が二人侵入してきました。他にもラグ竜が何頭か侵入してきて、動くに動けなかったところ、男たちは町長の息子と娘をつかみ上げて竜の籠に放り込みました。そしておそらくリア様に向かって何か言ったかと思うと、竜に乗って外に飛び出していきました」

端的に言うと、そういうことのようだ。

「リア様とニコラス殿下は、私たちが覆いかぶさっていたため何が起こっていたかはわからなかったでしょう。私たちは狙われるならニコラス殿下とリア様だと思い、完全に油断しておりました。本当に申し訳ありません」

ニコの護衛が町長に頭を下げた。

「リアと殿下の代わりに連れていかれたのではないのか？」

町長の顔色は悪い。

「正直に申しまして、最初からレイ殿とエイミー殿を狙っていたように感じました」

「なぜだ……。いったいどうして」

呆然と呟く町長に、私は言わなくてはならないことがある。

「ちょうちょう、きいて」

私を見て、いったい何を聞いてほしいのかという町長の顔に、私に対する怒りも憎しみもなかったことをありがたいと思う。

「サイラスはいったの。いったの」

私は思わず声を詰まらせた。

「あわむらさきよ」

部屋に沈黙が落ちる。

「じぶんのせいで、ひとがしぬのはどんなきもちだろうな」

「ああ、エイミー……。レイ……」

町長は膝から崩れ落ちた。

私はめったに泣かない。

泣いたからといってどうにもならないことは、赤ちゃんの頃から身に染みついている。

だから今だって泣かない。

ただ、大きい目に涙が溜まっているだけだ。

「ごめんなさい」

「ああ、リア」

町長は床に膝をついたまま、蒼白な顔を上げ、私に手を伸ばした。

「泣かなくていい。泣かなくていいんだ」

その手が私の肩をそっと引き寄せると、私の顔は町長の胸に押し当てられた。

「ないてないもの」

「ああ、そうだ。知っている。ちょっと目に水が溜まっているだけだよな」

「うん」

ほんの少し笑みと涙の混じった町長の声は、かすかに震えていた。

「大丈夫だ。いや、何も大丈夫ではないが、私はわかっているよ、リア」

何をわかっているのだろう。

「前にリアが言っていただろう。悪いのは、悪いことする人」

「うん」

前にエイミーが巻き込まれた時のことを、覚えていてくれたのだ。

町長は私をぎゅっと抱きしめて、そっと離すと、私に静かに言い聞かせた。

「リアがごめんなさいをする必要はない。子どもをさらったあげく、たった三歳の子どもに罪悪感を植えつけようとする卑劣な奴、そいつが悪いに決まっているんだ」

ここにキャロがいたら、町長も成長したなあと言って、からかったことだろう。

町長は立ち上がると自分に言い聞かせるように状況を分析する。

「もし、本当に命を狙っていたのなら、あの場で子どもたちを亡き者にしただろう。わざわざさらったということは、レイとエイミーを人質にして、何かを要求したいからだ」

「問題は、いったい何を要求したいかですね」

そう話を引き取って部屋に入ってきたのは兄さまだ。

「にいさま！」

私は走り寄って抱き上げてもらった。

「俺もいるよ」

一緒にいたギルは、走り寄る間もなくニコのところに向かい、さっと抱き上げた。

「ニコ殿下、頑張ったな」

「いや、わたしはただまもられていただけだ」

ニコの声が苦い。その気持ちは私もよくわかる。いつもいつも守られてばかりだ。

「ちゃんと守られるのが殿下のお仕事だ。よくやった」

ギルはだいぶ重くなったニコを、ゆらゆらと揺すった。

「うん」

小さな声だが、少しはほっとできただろう。

「リア、久しぶりだな」

「ブレンデル！」

兄さまと一緒に部屋に入ってきたブレンデルは、ぬいぐるみをつくってくれたエミの旦那さんで、私がトレントフォースにいた時お世話になった魔道具屋のご主人だが、せっかくトレントフォースにいたのに、すれ違いでなかなか会えなかったのだ。

「いきなり町中をラグ竜がたくさん走っていったから、走っていった方向に向かったらここだったんだ」

「怪我をした人は？」

「ほとんどいない。幸い、夕暮れ時だったからな」

大体の人が家に帰っている時間だ。

「事情は部屋の外まで聞こえてきた。恐ろしい事件だったが、俺もレイとエイミーは無事だと思う。逆に大変なのはこれからだぞ」

「そうだな。卑劣な奴との交渉が待ち構えてるってわけだ」

私がおろおろしている間に、既にみんなの意識はこれからのことに向いていた。

それからすぐに外に出ていたヒューが戻ってきて、今後の話し合いが行われた。

「レイとエイミーのことは本当に申し訳なかった」

ヒューが町長に謝罪しているが、ギルと兄さまも同じように謝罪してから会議が始まった。今は、誘拐犯からの連絡待ちということになる。

ナタリーが倒れたのは、ラグ竜から私をかばったためで、肩と腰に打撲があるが、命には別条がないということでほっとした。私をかばって人が死ぬのはもうたくさんだ。

ちなみに話し合いには、私たちも当事者として参加している。

まず発言したのがブレンデルだ。

「まず、魔道具屋に寄ったのがサイラス本人かという確認が先で、あまり重要視していなかったことだが、サイラスが求めたのは、一番大きい魔石だったことを思い出してな」

「大きい魔石、というと」

ヒューが詳しい説明を求めた。

「つまり、結界箱に使えるレベルの魔石だな。金のある商人が旅をしている場合、たまに買い求めることがある。だが、基本的に大きい魔石はケアリーに出しているから、うちには売れる魔石はなかったんだ」

サイラスが行動する時は、常に結界箱をたくさん持っていた。だが、二人旅でたくさんの結界箱や魔石を持ち歩くだろうか。

ケアリーを追われた時に、そうたくさんの荷物を持ち出せたとも思えないし、夜に旅を続けた日もあったはずである。そうなると考えられるのは、結界箱に使える魔石が足りなくなってきたということとではないか。

「それでは、狙いは私たち四侯ですね。リアに言ったことはただの嫌がらせでしょう」

兄さまの冷静な声がする。

「レイとエイミーと引き換えに、私たちに魔石の魔力を充填させる。それが目的である気がします」

「だが、そんなことをしてもとても逃げきれまい。トレントフォースのこちら側の街道は既に封鎖しているし、ファーランド側もカルロス王子が人数を増やして封鎖してくれているはずだ。むしろこちらにとってはやっとサイラスを捕らえられる好機であり、向こうにとっては絶体絶命ではないか」

サイラスがまさかトレントフォースにいるとはという驚きから数日、ヒューたちは確実に包囲網を狭めていたという事実に私たちは驚いた。だからこそ、サイラスは最後の賭けに出たのかもしれないが。

兄さまが、私のほうをちらりと見た。

それから、一度口を開きかけて口を閉じ、もう一度開いた。

「サイラスはキングダムを転覆させかけた重罪人です。多少の犠牲を払っても、確実に捕らえたい。捕らえられなかったとしても、せめて死体は確認しておきたい」

そう言うと一旦目を閉じた。

多少の犠牲という言い方が嫌な感じだ。

それを聞いて、町長もテーブルの上で両手を組み合わせ、目を閉じた。

「レイとエイミーのことを考慮せず、力で押し切ることが一番確実だと、理解はしています。しかし」

その声は震えていた。

「いいえ、私たちはその手段を取るつもりはありません。そうであればこの席にリアとニコラス殿下を同席させたりしませんよ」

兄さまはかすかに微笑んだ。

「レイとエイミーを犠牲にしてサイラスを捕らえたら、リアとニコラス殿下の心が耐えられないでしょう。長期に見て、そのほうがずっとマイナスです」

兄さまはヒューのほうを見た。ヒューは頷き、方針をまとめてくれた。

「サイラスからの連絡を待ち、こちらに出来得る限りの譲歩をして、レイとエイミーを解放させる。そこからは全力でファーランド方面に追い込む。最後は挟みうちだ。逃がすくらいなら、生死は問わない」

そこからじりじりするような時間が流れたような気がしたが、実際は簡単な夕食のすぐ後のことだったから、それほどでもなかっただろう。

ガシャガシャと落ち着かない音を立てて帰ってきたのはバートたちだった。屋敷からすぐにサイラスを追ったハンスたちも一緒だという。

サイラスからの連絡はまだなく、せめて捜索してきた人たちの報告を聞きたくて、すぐにナタリーと一緒に食堂に向かった。

「バート！」

暗い顔をしてうつむいているバートに、私は声をかけた。

部屋にいたハンスは、私を認めるとすぐに私の斜め後ろの定位置に戻った。

「リア……」

帰ってすぐに食事をとりながら話を聞いているはずだから、普段なら私のことを心配して飛んできてくれるはずだ。だが、バートも他の皆も、こぶしをギュッと握りしめて私と目を合わせようとはしなかった。

なにかおかしい。

私は左右を見渡したが、先に来て話をしていたはずの人たちは誰も私と目を合わせようとはしない。

「私が行きます」

兄さまが静かに立ち上がった。

「レイもエイミーも怖い思いをしていることでしょう。向こうもできるだけ早くと言っているのだから、すぐ向かいます」

「だが！」

ヒューが兄さまを行かせまいとするかのように立ちふさがった。

「サイラスが求めたのは、予想した通り、結界箱の魔石を複数充填すること。それなら、力は私のほうがあります。私でいいはずです」

私は、他の人の表情やしぐさをじっと観察しながら、兄さまの話していることを注意深く聞き、考えた。

兄さまが行く。でも引き留められている。それはなぜか。

魔石に魔力を充填する者が指定されているからだ。

そして兄さまが代わりに行くと強硬に主張するということは、求められているのは兄さまではない。

それは誰か。

おそらく、私だろう。

それならばやることは決まっている。

「リアがいく」

「許しません」

兄さまが私を見ない。

「リアがこいっていわれてるんでしょ」

「……違います」

兄さまが違いますと言おうとして、一瞬詰まったのを私は聞き逃さなかった。

「リアがいってませきをじゅうてんすれば、レイとエイミーはかえす。リアはこっきょうをこえて、サイラスがあんぜんなところににげたら、かえす」

私は鼻をふすふすと鳴らした。そして難しいことを間違えずに言えたとしても、その中身が悲しければちっとも嬉しくないことに気づいてしまった。

ギュッと手を握り私から顔を背ける兄さまを見れば正解は明らかだ。

「なぜ！」

ヒューががたんと椅子から立ち上がると、私の目の前にしゃがみこんで目を合わせた。

「なぜお前はそんなに賢いんだ。なぜそうしてつらいことも当たり前のように飲み込んでしまうんだ。たったひと言、言ってくれればいい。リアは知らない、と。リアは怖いから行きたくない、と」

そうして私の肩をつかむと、まるで抱きしめているみたいにそっと揺すった。

「リアがどう言おうと行かせません」

「にいさま」

「行かせません」

「にいさま、リアをみて」

兄さまはゆるゆると体をこちらに向けた。その目は泣くのを我慢しているかのように真っ赤だ。

「リアは、ぜったいにもどってくるから」

「リア！」

兄さまも私の前にひざをついて、ぎゅっと抱きしめた。

「どうしてあいつは、いつもいつもリアを……」

「きっとね」

サイラスがどうしてああなのかはわからない。だが、愛のない赤ちゃん時代を思い出すと、私がサイラスになったかもしれない未来もあるような気がするのだ。

「リアが、サイラスのなりたかった、しあわせなこどもだから」

それならば、愛がなかった赤ちゃんのサイラスが、選びたくても選べなかった未来が私なのだと思う。

「リア」

離れたところから聞こえてきたのはギルの声だ。

「リアの言う通りだ。サイラスは途中で捜索に出ていたバートたちと遭遇し、レイとエイミーを見せて、解放する条件としてリアに魔石を充填させるように言った」

私の思った通りだったようだ。

「バートたちはとっさに、リアをレイとエイミーと引き換えるなら、リアの安全を保証しろと交渉したそうだ」

「自分のせいで友だちが死んだとわかったら、淡紫の心はこの先耐えられるものかと、あいつは笑った。笑ったんだ」

バートはギルに続けて悔しそうに顔を上げた。

「だが、こちらが人質の命を無視すれば、サイラス自身が生き延びる可能性はゼロになる。あいつは最終的にリアは返すと約束はした。だが、そうだよな」

バートは大きくため息をついた。

「リアの言う通り、ファーランドで解放する可能性が一番高い。俺たちでもとっさに思いつかなかったのに、リアはすごいな」

普段なら褒められたと胸を張るところだが、続く沈黙に私はちょっと焦っている。このままでは気持ち悪い子どもだと思われてしまうではないか。

「リア」

その沈黙をギルが破った。

「キングダムの代表として私が指示する。サイラスのところに行ってくれ」

「ギル！」

兄さまの悲痛な声が響いたが、仕方のないことだ。誰かが決めなければならなかった。身内の兄さまに決められないことなら、ギルが決めるしかない。

いくら私のことが大事だからといって、その代わりに四侯の跡継ぎを行かせることはできない。ギルが自らつらい決断を引き受けてくれたのだ。

「リア、いきます」

私は胸を張り、ラグ竜のぬいぐるみをしっかりと肩にかけ直した。

黙って話を聞いていたニコが、私の肩を抱く。

「リア、ぶじでかえってこい。わたしのいちばんのともだちは、リアだ」

「うん！」

サイラスとの因縁はトレントフォースから始まった。

それならば、トレントフォースで終わらせよう。

指定の場所は、トレントフォースからウェスターに向かう街道の山側だった。

竜の振り分け籠に乗せられながら、バートが説明してくれた。

「なぜファーランド側じゃないのかわからないが、使者の虚族が出たところっていう指定なんだ。悪趣味だよな」

普通の子どもなら怖くて聞きたくないことも、私なら大丈夫だ。

「だがウェスター側には逃げられないように、町の人たちも協力して待機してくれてる。どうやってもファーランド側に逃げるしかないんだ」

バートは私にというより、自分に言い聞かせている。

「なにがあっても、絶対に助けるからな」

「うん。しんじてる」

やがてウェリントン山脈が黒々した影を落とす場所に、数十頭のラグ竜の大きな群れが見えた。

そのラグ竜を従えるように立っているのがサイラスとシーブスなのだろう。

「あれだけの群れがじっとしてても虚族に襲われてねえ。ってことは、すべてのラグ竜が入れるように、結界箱を複数、惜しげもなく使ってるってことか。ラグ竜の商人って、こういうことだったんだな」

それでどう商売するのかは私にはさっぱりわからないが、少なくとも必要な時必要なだけのラグ竜を用意する力はあるということなのだろう。

「止まれ！」

私たちがゆっくり近づくと、サイラスの制止の声がした。

サイラスの足元には、縄で縛られたレイとエイミーが座らされている。さらわれてから数時間たつが、大丈夫だろうか。

「リア！　来るな！」

「来ないで！」

それでも大きな声で叫ぶレイとエイミーは、待たされている間、お前たちはリアを呼ぶための囮《おとり》だとさんざん吹き込まれていたのだろう。

サイラスのやりそうなことだ。

私は二人の気持ちに思わず涙が出そうになったが、ぐっとこらえた。

サイラスは竜から降ろされた私を見て、ニヤリと笑った。

「確かに、あいつだ」

私の斜め後ろに立つ兄さまがつぶやいた。ウェスターの城で一度、キングダムの城で一度、兄さまがサイラスと顔を合わせたのはその二回だけだ。

私は誰に何も言われずとも、ずいっと一歩前に出る。

「淡紫よ。よい覚悟だな」

覚悟などないが、私は腕を組んでふんっと鼻息を吐いた。サイラスは私から後ろに目をやると、ふっと鼻で笑った。私のかわいい鼻息と比べるとまことに憎たらしい。

「ためらいなく幼い子どもを犠牲に差し出したか。王族にしろ四侯にしろ、しょせんその程度」

兄さまやアリスターが前のめりに飛び出そうとして、止められている気配を背中に感じる私である。

私はむしろ感心してサイラスを眺めてしまった。ためらいなく全方位に悪意を撒き散らす、そんなことができる人がいるのだということに。

その幼い子を差し出せと言った奴は誰だとか、反論したいことは山ほどある。だが、大事なのは悪意に乗せられないことだ。何を反論したところで、響くことはないのだから。

兄さまは心をぐっと抑えるためか、数度息を吸って吐くと、落ち着いた声で交渉を始めた。

「私がリアをそちらに送ります。その後、レイとエイミーを引き取って戻ります」

私を一人、向こうに残す。つらい選択だと思う。

「駄目だ」

サイラスはただでさえつらいその提案を切り捨てた。

「子ども二人を戻すのは、淡紫が魔力を充填し終わった後だ」

「承服しかねる。魔力を充填し終わった後に、お前がリアを戻す保証がない」

「なら、今ここで人質を殺す」

サイラスの声に、隣のシーブスが剣をすらりと抜いた。

「単なる脅しだ。魔石に魔力を入れなくていいのか」

「試してみるか」

兄さまとサイラスの攻防が続く。

私はふうっと大きく息を吐いた。

「にいさま、だいじょうぶ」

「リア、しかし」

私は兄さまの足をぽんぽんと叩いた。本当はこういう交渉ごとに口を出してはいけないとわかってはいる。レイとエイミーを傷つけたら、サイラスとシーブスには交渉の手段がなくなるから、強く出たほうがいいのかもしれないということも。

だが、なんとなくだが、今はサイラスを追い詰めてはいけないという気がしたのだ。

「リア、いきます。けんをおさめて」

私の子どもらしい高い声が響くと、シーブスは一瞬ためらった後、剣を鞘《さや》に納めた。レイとエイミーの震えが少しだけおさまった気がする。

わたしはゆっくりと歩き始めた。

「リア、結界箱を」

心が痛むが、兄さまの優しい提案を断り、私は結界の外に一歩踏み出した。

結界箱より小さめに張った、私自身の結界が、寄り集まる虚族を弾いていく。

「ふはは！　やはりお前は面白いな」

サイラスがこの状況に不釣り合いな、楽しそうな声で笑い始めた。

「わずか三歳かそこらの幼子が虚族を弾く。どんな肝の太い大人でも決して歩かぬ辺境の夜を、まるで昼のようにすたすたと歩くとはな」

私はまたふんと鼻息を吐いた。すたすたと歩くなど当然すぎてあくびも出ない。

すぐにサイラスのいる結界の中にたどり着いた。

「リア！」

「リア！」

縄で縛られたままのレイとエイミーが私を呼ぶ。

私は深く頷いてみせた。

「だいじょうぶ」

何が大丈夫なのか自分でもわからないが、とにかく二人を安心させてやりたかった。

「来たな」

サイラスはこんな状況だというのに、どこか嬉しそうだ。だが用事はさっさと済ませるに限る。

「それで、ませきはどこ？」

「そこだ」

高値で売買される結界箱用の魔石が、布の上に無造作に山積みにされていた。山積みといっても子どもの両手で持てるくらいの量だ。

私は即座に断じた。

「むり」

約束が違うではないかと責めそうなものだが、サイラスは眉を上げると、なぜそう思うのか説明しろという顔をした。

「りょうがおおすぎる。まえ、リアはそのませきひとつぶんしかできなかった」

「ふん。むしろ都合がいい」

都合がいいってなんだ。結界箱の魔石にちゃんと魔力を注いだのは、バートたちと出会い、アリスターの代わりに結界箱を動かした時くらいだから、それからどのくらい自分の力が大きくなったのかは実はよくわかっていない。

「やれるだけやれ」

「そのまえに、レイとエイミーのなわをはずして。リアはちゃんとここまできた」

今回は私が一つ譲歩して、先にやってきた。

次はサイラスの番だ。

私は顎でレイとエイミーのほうをくいっと指した。縄を外すまでは魔石に魔力を入れることはしない決意だ。

「ふむ。まあ、いいだろう。どうせ虚族のいる中、逃げられはしない」

サイラスの言葉と共に、シーブスが剣を抜くと、縄をざくっと切り落とした。

レイがよろよろしながら立ち上がって、自分も痺れているだろうに、エイミーの腕を一生懸命さすっている。これでいざという時自分の足で立って逃げられるだろう。

その様子を確認して、私は魔石の前に座り込んだ。

もうできないと言って、中途半端に魔石を充填すれば、夜に逃亡しようとしてもできないのではないかという考えが一瞬頭をよぎったが、

「小賢《こざか》しいことは考えるなよ」

と言われてあきらめた。怖いからではない。面倒だからである。

私は魔石を一つ手に取って、慎重に魔力を充填した。夜目にも淡い色だった魔石は、みるみる色を

濃くしていく。

意外と簡単に入れることができた。魔力も十分余っている。

「ふむ。大丈夫そうではないか。次」

次と言われて、絶対にやりたくない天邪鬼《あまのじゃく》な気持ちが湧いたが、中身が大人な私はその気持ちをぐっと呑みこんだ。

一つ、また一つと魔石に魔力を充填していく。その目の端で、レイに支えられてエイミーが立ち上がるのを確認する。

同時に、魔石にはほとんど全部魔力が入ってしまった。残ったのが二つだが、残念ながら魔力を使いつくしてふらふらする始末だ。

「これをほぼ全部……。しかも跡継ぎですらない幼児がやったのか。四侯とは化け物か」

シーブスが呆然と呟いたが、私は肩をすくめるしかない。自分でもできるとは思わなかったのだから。

私はふらふらと立ち上がった。

「リア、まりょくいれた。レイとエイミー、かえして」

「ということは、わかってるな。代わりにお前が人質になるということを」

わたしは胸を張るとふすふすと鼻を鳴らした。

そんなこと、当然わかっている。

「わかってる」

「よかろう」

なにがよかろうなのか理解はできなかったが、ひとまず交渉は成功した。

まずシーブスが魔石を全部拾った。レイとエイミーは身を寄せ合って震えながら様子をうかがっている。

それから、サイラスは、兄さまたちに向かって手を大きく広げた。

「淡紫が、子どもたちを戻せと要求するので、今から戻すことにする」

向こうの一団からほっとした空気が流れたが、私は緊張を緩めなかった。そんな甘い奴らではない。

「それでは、今から二人を引き取りに向かう」

今度はヒューが前に出てきた。

サイラスは私のほうを見て、ニヤリと口元をゆがめた。

「その必要はない。ほら」

まるで示し合わせていたかのようにためらいもなく、サイラスはエイミーを、シーブスはレイを抱え、スタスタと前に歩き始めた。

「何を……」

戸惑うヒューにかまわず、結界の際で二人は大きくレイとエイミーを放り投げた。

結界の外へ。

どさっと地面に落ちた二人に怪我がありませんようにと祈る間もなく、虚族がすうっとレイとエイミーに集まってくる。恐怖で身をすくめる二人に、私は叫んだ。

「おまもりある！　はしれ！」

レイははっとして腰のラグ竜に手を当てた。それから迷いなくエイミーを支えて立ち上がり、ヒューの元に走り始めた。

「よかった。けがしてない」

集まってきた虚族は、二人に触れそうなところまで近づくものの、よく見ると何かに当たって弾かれているのがわかる。

二人は向こうから走ってきたバートとミルに抱えられて、無事結界の中に戻った。

「ふははは！　そんなことだろうと思った！」

してやられたのにもかかわらず、サイラスは腹の底からおかしそうに笑った。

「結界の常時発動。しかもその半径の小ささ。俺たちが結界を感じ取れないことを逆手に取って、最初から仕掛けてあった。あっけに取られているところを見ると、お前たちでさえ知らなかったんだな」

正確には知っている人も何人もいる。

「お前たちが思っているより、ずっとずっと貴重な存在だよ、淡紫は」

サイラスは向こうを向いたまま下がってくると、私のぬいぐるみをグイッとつかんで取り上げた。

「リアのぬいぐるみ！　かえして！」

「そんなにかわいいものではないよな、これは。何度こいつにしてやられたことか。そらっ」

サイラスは私のぬいぐるみをポーンと放り投げてしまった。

気配に寄せられた虚族が、ぬいぐるみのそばまで来てぱん、ぱんと弾かれていく。

「箱ではないというところが盲点だったが、どうにかしてぬいぐるみに結界の機構を仕込むことを思いついたのだろう。レイとエイミーとやらも腰にぬいぐるみをつけていた。だが、これでお前が常時発動の結界で守られることはなくなったな」

「先ほど見たでしょう。リアは自分で結界を作れます」

兄さまが我慢できずに叫んだ。

「魔力が残っていればな」

その通りである。私は魔力を使いすぎて倒れる寸前だった。自分の魔力が増えていたのが面白くてついやりすぎたが、ちゃんと魔力を残しておかなかった私の失敗である。

「お前、なんでこんな中途半端なことをする」

交渉を引き延ばそうとしているのか、バートがサイラスに問いかけた。

「中途半端なこととはなんだ」

サイラスは最初から楽しそうだったが、今は全力で状況を楽しんでいるという感じだ。

「なぜ中途半端にローダライトを壊した。なぜ俺たちの使者を直接殺さなかった。そしてなぜこのちびどもを殺さなかったか？」

サイラスはもはや満面の笑みを浮かべている。

「ハハハ。むしろなぜわからない？　もったいないだろう」

何がもったいないのか、私には全く理解できない。

「死んでしまったら、人の命はただそれだけだ。だが、生きて夜の闇をさ迷えば、それは虚族の糧《かて》となり、魔石になる。だから私はできるだけ生かすのさ」

あまりのおぞましさに、誰も何も言い返せない。

古《いにしえ》のキングダムでは、犯罪者を虚族に与えたという。だが、それは残された者に消えない悲しみと恨みを残し、やがてそれは燃え上がり、反乱を起こすに至る。

私とニコはミルス湖でそれを学んだ。

虚族のいる世界で、人を虚族の糧と考えるのはただひたすら邪悪なのだと。

「だから怪我をさせて放置したのか？」

「怪我を？　ああ、難所の奴らか」

サイラスは興が乗っているようで、ぺらぺらとしゃべってくれる。

「私は何もしていない。ちょっとラグ竜に押されただけだろう」

私ははっとして、サイラスのラグ竜の群れに目をやった。

そういえば、なぜサイラスはラグ竜の群れを自在に扱えるのだろうか。もちろん、ラグ竜には善も悪もない。リーダーになるラグ竜がいれば、そのラグ竜についていくだけだ。

だが、ラグ竜はあの大きい体でも、穏やかな草食の生き物である。

リーダーは群れの行く先を決めるだけで、人を害したり、他の生き物を攻撃したりすることはないはずなのだ。

ないはずなのだが、私の記憶が警告を発している。確かにあっただろうと。

思い出せ、思い出せ。

そう、ナタリーが怪我をした時だ。

「どうして」

私の口から、問いがこぼれ落ちる。

「なんだ、淡紫」

いっそ私のことを愛しいと思っているような優しいサイラスの声だ。

「どうして、らぐりゅうが、おまえのいうことをきくの」

「どうしてかな」

クックッとサイラスの楽しげな笑い声が響く。

「どうしてかな。私の小さい頃から、ラグ竜は私の仲間なのさ。なあ、竜よ」

「キーエ」

なあに。愛しい子。

「どんなに人が冷たくても、草原に出ればいつでもラグ竜が側にきてくれる。飢えれば食べ物をくれる。話せば答えてくれる。何を言っているのかさっぱりわからなくてもな」

「キーエ」

いつでもわかっているわ。

あなたが私の言うことがわからなくても。

私は呆然と呟いた。私と同じだ。

「りゅうの、かりおや」

「難しいことを知っているな、淡紫よ。さて、余興は終わりだ」

そう言うなりサイラスは私の胴をつかんで、竜の籠にポイっと放り入れた。

「淡紫は国境まで預かる！　行くぞ！」

「おう！」

「キーエ！」

私が籠の中でばたばたもがいている間に、ラグ竜は軽快に走り出した。

「リア！」

「にいさま！」

「リアー！」

あの時もそうだった。

お父様がもう少しで追いつくところだったのに、ラグ竜に引き離された。

ラグ竜の愛ゆえに、ラグ竜の優しさゆえに。

私は籠の中でぎゅっと体を丸めた。

泣くな、泣くな。

今は少しでも休んで、体力と魔力を取り戻すとき。わずかな間でも結界が張れるように。

それが生死を分けることになるかもしれないのだから。

その決意もむなしく、ラグ竜の揺れが快適ですぐに眠ってしまったのは無念である。はっと気がついた時には、既にラグ竜の足は止まっていた。

外はまだ暗いから、朝は来ていない。だが、伸ばした手の先も見えないほどの闇夜ではない。おそらく、朝が近いのだろう。それでも、まだ夜だから、止まったラグ竜の群れに虚族が集まっては弾かれている。

そこまでつらつらと分析していると、少し離れたところから声がかかった。

「あきれた心臓の強さだな、淡紫よ。気絶しているかと思ったら、ぐっすり寝ているだけだったとは」

「しつれいな。ようじはよる、ねるものでしょ」

「ほらみろ、この状況でその軽口、肝が据わっている」

いきなりサイラスの声で始まる寝起きは気分の良いものではないが、問題はそこではない。

この状況とは何かということだ。

私は籠からぴょこりと顔を出した。

「おお……」

籠から子どもの頭が出てきたことに驚いたのだろう。前方から驚いたようなどよめきが聞こえる。

よく見ると、兵士のような気がする。見たことない人ばかりだけれど。

「リア！」

見たことのある人もいた。

「カルロスでんか！」

私は嬉しくて手を振ったが、よく考えたら、すごく切羽詰まった呼ばれ方だったような気がする。

私の頭はようやっと高速回転し始めた。

私はさらわれた。

サイラスに。

非常事態である。

慌てて後ろを振り返ると、こちらは見たことのある人ばかりだった。

「にいさま！」

「リア……。よかった……」

安心するのはまだ早いと言ってやりたい私である。今までスピスピと気持ちよく寝息を立てていた自分が言えることではないが、まだ事件は解決していないのだから。

目の前にファーランドの人たちがいるということは、夜じゅう駆け通して、ついにはファーランドの国境まで来たということになる。

私の予想では、サイラスは私を人質に、国境を抜けようとするはずだ。私の考えるべきは、国境を過ぎてからどう助かるかである。

サイラスは、ファーランド側に体を向けた。シーブスのほうは油断なくウェスター側を向いている。

「見てのとおり、こちらには淡紫がいる！」

手を振ってやろうかと思ったが、不謹慎なのでやめておく。

「これから一時間後、ファーランドのどこかで解放する。両軍とも、それまでここから動くな」

最初に私が予想したとおりである。

一時間など、下手をすれば目視できる程度の距離しか進めないとは思うが、それは敵味方どちらにとっても同じことだ。ファーランド軍からサイラスが見えなくなれば、サイラスからもファーランド軍が見えなくなる。たとえ半日後と指定したとしても、見えなくなったファーランド軍がその言葉を守るかどうかはわからない。

ファーランド側からは、カルロス王子が一歩前に出てきた。

「お前が一時間後、安全にリアを解放する保証がない。逆に今ここでリアを解放すれば、両軍とも一時間は動かないと誓おう」

きちんとファーランドの代表として交渉しているカルロス王子が、珍しくも頼もしい。

「この人数の差で、そちらを信用する理由がない」

だが話し合いは平行線である。

「シーブス」

「ああ」

サイラスのひと言と共に、シーブスは腰の剣をすらりと抜くと、私の首にぴたりと当てた。

これは怖い。

そっと兄さまのほうを見ると、兄さまが動揺しているように見える。が、それ以上に気になることがあった。

向こうのラグ竜がこちらを見て、落ち着かずそわそわしているのだ。体が大きい分、人の動揺よりわかりやすい。

サイラスが小さい頃からラグ竜と親しんでいたというが、私だって赤ちゃんの頃から親しんでいた。なんならトイレにも一人では行かせてもらえなかったくらい大事にしてもらっていたのだ。

「こちらには四侯の娘がいるのを忘れるな。これ以上話し合いが長引くのであれば、この子どもを断り捨てて強行突破する。竜よ！　集まれ！」

「キーエ！」

サイラスの声と共に群れのラグ竜が集まってきた。この群れごと駆け抜ければ、中央部にいるサイラスとシーブスはとりあえず国境を突破することはできるだろう。

その後は地の利とラグ竜の能力次第ということになる。

この交渉においては、私を毛一筋たりとも傷つけたくないと思っているウェスター、ファーランド側より、失うものが何一つないサイラスのほうが有利なのは明らかだ。

だが、そうしてファーランドに抜けて、サイラスはいったいどうするというのか。確かに今だけは私を確保している分だけ有利かもしれないが、いずれは追いつかれ、つかまってしまう未来しか私には見えない。

カルロス王子が離れたところから兄さまと視線を交わし合い、サイラスの条件を受け入れようとしている。

まずい。役に立つかどうかわからないが、さっき頭に浮かんだことを試してみるしかない。

私はすうっと大きく息を吸いこんだ。

「りゅう！」

「お前！　黙れ！」

いらついたシーブスの声と共に、首元の剣がギラっときらめいた。

「キーエ！」

「キーエ！」

小さい子。

やっぱり困っているのね？

ウェスター側の竜が騒ぎ始めた。

「キーエ！」

「キーエ！」

うちの群れの子よ！

返しなさい！

「わあ、動くな！　動いたらリアが危ないんだ！」

兄さまの声に群れはひとまず落ち着いたが、今度はサイラスの竜がソワソワし始めた。

「キーエ……」

お前は向こうの群れの子なの？

「うん。もどりたい」

「何を言っているんだ！」

シーブスが首元の剣をぐっと押しつけてきた。

サイラスも怖いけれど、小さい子だろうがなんだろうが乱暴に扱って全く平気なこの男も怖い。

「キーエ！」

ちょっとどきなさい。

「うわっ」

シーブスはラグ竜に押されて剣を持ったままたたらを踏んだ。その拍子に私の首元から剣が離れ、ラグ竜の大きな頭が籠を覗きこんだ。

もどりたいのね。

「うん！」

じゃあ、私の頭につかまりなさい。

これは地獄に垂らされた一筋の蜘蛛の糸だ。

私はいつも竜の籠に乗る時にやっているように、手足を大きく広げて竜の頭にしがみついた。

「おい、竜！　何をしている。やめろ！」

サイラスの動揺した声がする。

思わず竜の頭にしがみついた私だが、今の状況はといえば、私の無防備な背中をサイラスとシーブスにさらしている間抜けな姿だということになる。冷や汗がにじむ思いだ。

「やめろ！　今お前には結界箱をつけていないんだぞ！」

竜の前に私の心配をしてもらいたい。

そういえば、この竜は、サイラスを乗せていてサイラスを愛しい子と呼ぶ。

おそらく結界箱を持っているのはサイラスで、サイラスが降りている今、竜が結界をはみ出してしまえば、竜は虚族に襲われることになる。

「それに淡紫！　お前は魔力は回復したのか？」

私はドキッとして、じぶんの中の魔力を探った。移動している間、籠の中で寝ていたから、多少なりとも戻っているようだ。だが、竜の頭に全力でしがみつきながら結界を張るのは難しい。

「サイラス！　約束が違います！　リアの安全を確保してください！」

誰もラグ竜が私を助けられるなどと思ってはいない。

思わぬ状況に右往左往しているのだろう。

「竜！　待て！」

「キーエ！」

私がしがみついているためにくぐもったラグ竜の声が答える。

群れの子どもはだいじ。

私にとっての愛しいお前と同じように。

そしてラグ竜はゆっくりと駆け出した。駆け出したのは、虚族に取りつかれないようにするためである。このまま短い距離を駆け通せば、無事にウェスター側の展開している結界に入ることができる。

その間、私のこのプルプルとしている手足がもてばだが。

「待て！」

「キーエ！」

ぽとん。

白みかけた空に、明けの明星が輝く。この世界にも朝に輝く星があるんだなあと、竜の顔からはがれ落ち、仰向けに地面に転がった私はぼんやりと思う。

どうやらサイラスはゆっくりと駆けるラグ竜に追いつき、飛び乗ったらしい。その衝撃で私はラグ竜の顔から落ちてしまったというわけだ。そのサイラスはといえば、私のことを結界に入れるなどという親切心はなく、すぐさま竜と一緒に結界のあるシーブスの元に戻っていった。

「リア！」

兄さまは今日は叫んでばかりだ。

輝く明星がすぐに不気味な虚族で見えなくなる。朝からそんな不気味なものは見たくないのだが。

だが、ぽん、ぽんと虚族は私の上から弾かれていく。

「さすが、わたし」

私は仰向けに寝っ転がったまま、大きくぽんとスカートのポケットを叩いた。

「けっかい、じょうじはつどう。おまもりは、ひとつじゃない」

その私を走ってきたハンスが地面から掬《すく》い取っていく。当然、ハンスも腰には小さい結界箱をつけている。

「無茶しやがって！　ほんとにリア様は！」

その無茶をなんとかするのが護衛の役割でしょと言いたい。

すぐにウェスター側に連れてこられた私は、歓迎される間もなく、全方位をファーランドとウェスターの軍に囲まれたサイラスに向き合うこととなった。ラグ竜に乗っているサイラスとシーブスは突破を狙ったようだったが、どこも兵が厚く配置され、逃げようがないことは明らかだ。

「さあ、リアは帰ってきました。もう逃げられませんよ」

兄さまの低い声が響いた。

追い詰められたはずのサイラスは天を仰いだ。

「ハハハ！　淡紫には最後までしてやられた！」

私が何かしたわけではない。サイラスのラグ竜が救ってくれたのだ。

「お前が裏切るとはな」

その言葉とは裏腹に、サイラスは乗っていたラグ竜の肩をポンポンと愛しげに叩くと、ひらりと飛び降りた。

「キーエ！」

子どもはだいじよ。

お前もだいじ。

「にいさま」

「ええ、きこえています。なぜあんな者を大事にするのか」

その私と兄さまの声をサイラスの耳が拾った。

「なんのことだ？」

「今がどういう状況かわかっているのか！　おとなしく投降しろ！」

そんなサイラスにカルロス王子が要求を突きつけた。

サイラスを確保せよ、生死を問わず。そういう命令だったのだと思う。だが、生きて捕まえられるなら、そうすべきだ。なにより、なぜこんな事件を起こしたのかの真相がわからないままだからだ。

「淡紫の兄妹よ。どういうことだ？」

サイラスはカルロス王子の呼びかけを無視し、私たちのほうを眼光鋭く見やった。

「リア、無視しなさい」

私はハンスにしがみついたまま、首を横に振った。

なぜかはわからないけれど、サイラスに知ってほしかった。

ラグ竜に愛されていたことを、知ってほしかったのだ。

「キーエ！」

「いとしいこよ」

「キーエ！」

「さあ、よもあける」

私が誰の言葉を代わりに言っているか、わかるか。私はサイラスをじっと見つめたまま、ゆっくりと竜の言葉を翻訳した。

「キーエ！」

「はやくこんなせまいところをぬけて、ともにそうげんをかけよう」

「キーエ」

「いつものように」

サイラスは信じられないというように私を見たあと、ラグ竜の顔に手を伸ばした。

「お前なのか」

「キーエ？」

「おなかはすいていない？」

「馬鹿な。私はもう大人だぞ」

ラグ竜がそっと鼻先でサイラスをつついた。

「キーエ」

「いいえ、おまえはいつまでもわたしのいとしいこ」

誰も何が起こっているか理解できないまま、沈黙が落ちる草原に、竜と私と、サイラスの声だけが響く。

「ハハ。そうか」

サイラスはぽんぽんとラグ竜の頭を叩いた。

「お前の仲間を利用して、何頭も死に追いやった私なのに」

私の隣で体を固くして立つ兄さまからは、死に追いやったのはラグ竜だけではないだろうと、小さな声が聞こえたような気がした。

「サイラス！　剣を捨てて投降しろ！　これが最後だ！」

カルロス王子の最後通告だ。

サイラスは、ラグ竜から一歩下がると、ゆっくりと腰に手をやる。一瞬緊張が走ったが、サイラスはそのまま剣帯を外すと、足元にぽいっと放り捨てた。

今度はほっとした空気が流れる。

シーブスはサイラスの後を追うように、剣帯に手をかけた。

「サイラス。いいのか。最後にひと花咲かせてもいいんだぞ」

その言葉にまた緊張が走る。

「いい。最後まで淡紫にこだわった、私の負けだ」

「おむつも外れてないようなちびに負けたな」

最後通告を突きつけられているとはとても思えない会話だった。

しかし私の名誉のために言っておかなければなるまい。

「おむつは、いっさいになるまえにはずれました！」

「ハハハ！　どうでもいい！」

サイラスは心底おかしいというように大口を開けて笑うと、胸元から結界箱をすっと出した。

「これはもういらないな」

そしてそれもぽいっと地面に放り投げた。

この期に及んで、結界箱を地面に投げ捨てる必要があるのかと、見ている者は疑問を覚えただろう。

そしてその皆の目が一瞬結界箱に集中した時、サイラスは素早く後ろに下がった。

下がった先は、結界の及ばない、虚族のいる世界だ。

「ハハハ！　もういらない命だ。虚族にくれてやる！」

誰もが呆気に取られて動けないでいる中、虚族だけが命の気配を感じて動き始めた。

助けるべきなのか、それともこのままにすべきなのか。

四侯の誰か一人が結界を張れば、サイラスを虚族から守ることができる。

だが、私たちキングダム一行は、サイラスにまつわる騒動から身を遠ざけられてここにいる。

ウェスターのヒューは、その私たちを守るのが役割だ。

ファーランドの兵たちは、サイラスがこんなところに来るわけがないと思い、油断していた。

つまり、いざサイラスとまみえたら、どうすべきかという確固たる信念を持っている人は誰もいなかった。その心構えの甘さが、サイラスを一瞬自由にさせてしまったのだ。

「キーエ！」

一番早く動いたのが、サイラスのラグ竜だったのは皮肉なことだ。

だが、サイラスはそれを拒否した。

「来るな！　結界から出てくるんじゃない！」

「キーエ！」

あぶないわ、いとしい子。

「来るな！　戻れ！」

かつて私を守るように死んでいたという竜も、こんなふうに行動したのだろうと胸が熱くなる。

ラグ竜はサイラスを強くつついて地面に倒すと、その上に覆いかぶさった。

「キーエ」

うごいてはだめ。

「ああ！　戻れ！　戻ってくれ！」

「キーエ」

お前といられて、楽しかったわ。

「ああ……」

私はハンナに抱かれて、ラグ竜の下に入り切るくらい小さかった。子どもの竜なら、守り切れることもあるだろう。

だが、サイラスは大人だ。しかも大柄な男性だ。

虚族はラグ竜に群がり、ラグ竜が覆いきれなかったサイラスにも群がった。

やがて虚族が、ゆらゆらと姿を変える。

大きなラグ竜と、そしてサイラスの姿を映して。

「あわれだな」

ハンスのつぶやきに、私は返事ができなかった。なにか大きなものがのどにつかえて、飲み込みたくても飲み込めない、そんな気持ちでいる。

「私が行きます」

兄さまが腰のロードライトを構え、結界の外に踏み出していく。

止めようと伸びる手が、途中で止まる。

そう、兄さまの腰にも、小さいラグ竜のお守りがついているのだ。

サイラスの顔をした虚族が、ゆらゆらと兄さまに近づいていく。あいつはもういない、ただその姿を映しているだけとわかっても、不安が心を揺らす。

「これで、本当に最後です」

直接顔を合わせたのは、トレントフォースから領都に行く途中の難所だった。

それから幾たびかまた出会い、別れ、そのたびになぜか私に執着してきたサイラスの心は、草原に一人、飢えた体で膝を抱えていた幼い子どものままだったのかもしれない。

兄さまの剣が、サイラスを斬り裂くと、その姿はシュッと縮んでぽとんと地面に落ちた。

「なぜ泣く、リア様」

「わからない。ただ、かなしいの」

いくつもの人の命を奪ったサイラスを許すことはできない。

ただ、夜の草原を吹き渡る風のような寂しさだけがそこに残った。

「ヒャッハー！」

その奇矯《ききょう》な叫び声に振り返ると、サイラスの最後に気を取られている間に、シーブスが剣を拾ってラグ竜で走り出すところだった。

その顔にはサイラスと共に人を殺し世を騒がせた後悔も迷いもなく、ただひたすらに明るい笑みが浮かんでいた。

「まあ面白い人生だったぜ！」

当然その叫びが許されるわけもない。シーブスはファーランド軍を突破できず、おそらくその場で殺されたのだと思う。

私には誰も教えてくれなかったけれども。

兄さまは、サイラスだった魔石を握りしめ、結界に戻ってきた。

「終わりました。これで、すべて。リアを苦しめたものはいなくなりました」

「うん、おわった」

私はハンスに地面に下ろしてもらい、兄さまにぎゅっとしがみつく。

キングダムを揺るがした犯罪者は、春の夜、あっけなく草原に消えていったのだった。

エピローグ

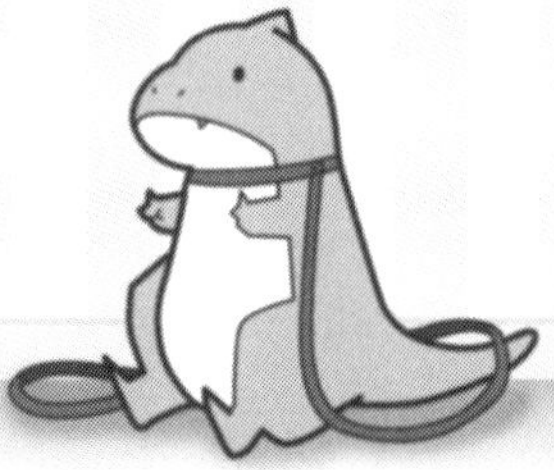

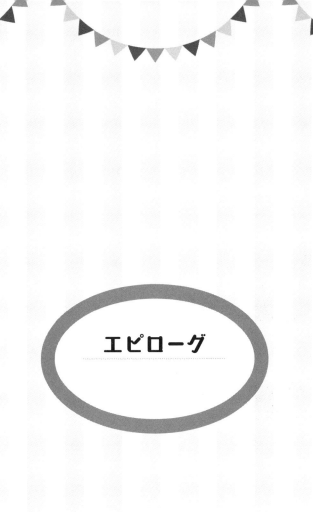

それからどうなったか。

私たちは、サイラスを包囲し捕まえるまでは、ウェスターのトレントフォースにとどまるよう言われ、ウェスターを西回りで旅してきた。

結局サイラスを包囲し捕らえたのが私たちであったというなんともいえない結果ではあったのだが、それはつまり、もうトレントフォースにいる理由がなくなってしまったということだ。

そもそも、ウェスターを視察して帰りたいというカルロス王子の旅にヒューが付き添い、ファーランドに入ってからは今度はヒューがカルロス王子に国を案内してもらうという旅に、私たちキングダム側が便乗させてもらったに過ぎない。

このままだと、速やかにキングダムに帰還せよということになりそうな気がする。

サイラスが虚族と共に露と消えたその日、さすがにそこから一日かけてトレントフォースに戻る余裕はなく、ファーランドの国境際の町の宿屋に一泊させてもらうことになった。

もちろん、事件の顛末をトレントフォースに伝える役の人は別である。

というか、兄さまたちは後始末に忙しいようだったが、私は事件の後ちゃっかり竜の籠で寝ていたので、意外と元気なのだ。

「このままキングダムにかえるのかなあ。もうすこしトレントフォースにいたかったな」

「そうだなあ。結界があるせいか、トレントフォースはウェスターの町の中では格段に落ち着ける場所ではあったよな。リア様がもう少し滞在したいという気持ちもわかるといえば、わかる」

ハンスも私の護衛に戻り、同じ部屋でのんびりと過ごしている。

「思いもかけない形でサイラスの件が解決してしまって、これからファーランド回りとウェスター回りで事件の経緯の報告をするにしても、早竜でも往復二週間以上かかるだろ。リア様の新しい結界箱を使えばもっと早く行けるが、それはまだ隠しておくべきだろうしな」

部屋には私とハンスしかいないので、ハンスも小さいテーブルを挟んで私と向かい合わせに座って椅子にそっくり返っている。

「エイミーとレイはトレントフォースに戻ったかな」

「それは大丈夫なはずです」

「ニコ、心配してるかな」

「心配しているでしょうな」

ハンスもすっかり気が抜けている。私は物足りなくて足をプラプラと動かした。

「ぷー」

「ブフォッ」

ハンスがいきなり噴き出している。

「どうしたの？」

「いや、リア様があんまりかわいらしいことをするから」

「かわいいのはしかたがないでしょ」

「まあ、仕方がないんだが」

ハンスの手が伸びてきて私の頭をぐりぐりとした。大きい手に頭がすっぽりと包まれてなんだかちょっと気持ちがいいのは内緒である。

「なーにーをーすーるー」

「リア様が、確かにここにいるんだなって。あれ？」

「みればわかるでしょ」

私はプリプリと髪を両手で整えた。

「あ、かれくさがついてる」

竜の顔から落ちた時についたのに違いない。あの時、確か。

「あさの、いちばんぼし」

その清々しい明け方の空が目に映ったのは、一瞬だった。

「みるみる、きょぞくでおおわれた」

なぜだろう。背中がぞくぞくする。

「リア様！」

ハンスは椅子を蹴るように立ちあがると、私を椅子から持ち上げて、ぎゅっと抱きしめた。片方の手が首の後ろに当てられているからくすぐったいではないか。

「サイラスは、さいごまで、リアをころしはしないとおもってた」

「リア様、大丈夫か」

「りゅうのあいは、いつもよそくふのう」

「大丈夫なはずがねえ。熱が出てるじゃねえか！　誰か！」

安全なはずの部屋にいたところを悪者に襲われ、夜だというのに人質として身代わりになり、一晩中ラグ竜の籠で揺られていたあげく、首元に剣を突きつけられて、しまいにはラグ竜の頭から落ちたら、熱くらい出たって仕方がない。

「ようじには、つらすぎる」

「誰か！」

こうして、熱が出て倒れてしまった私がトレントフォースに戻れたのは、結局一週間後だった。


「リア！」

そしてトレントフォースに帰還した私の周りには、ニコをはじめレイにエイミー、ノアや町の子どもたちまで集まっている。

子どもたちの後ろには、アリスターがいて、よく帰ってきたなと言うように大きく頷いた。

身代わりとなってレイとエイミーを助けたことを、二人に泣きながら謝られ、リアがいなくてつまらなかったとニコに詰め寄られ、皆にもみくちゃにされて大変だったが、どうやら、

「リアは、わるものをやっつけたんだってね」

ということになっているようだ。

「ちがうの、わるいひとは、じめつしたの」

言い訳しても謙虚だと思われるし、今まで目立たぬように生きてきたのに、人生で一番ほめそやされて目立った瞬間だったと言っても過言ではない。

「ふう、びっくりした」

とりあえず町長の家に向かうと、そこでもまた町長に涙ながらに礼を言われたが、私はきっぱりと言った。

「そもそも、レイとエイミーがさらわれたのは、リアたちがきっかけだから」

悪い人は、悪いことを考える人、そして悪いことをする人。

でも、やはり私たちが来なければ、レイとエイミーが巻き込まれることはなかったということは、忘れてはいけないのだ。

久しぶりに皆と顔を合わせての夕食は楽しかったが、仲間が皆そこにいたわけではない。

「アリスターは、いかなくてよかったの？」

「ああ。俺が行っても、体力的に足手まといになる。それなら、トレントフォースにいて、リアやこの皆を少しでも守る役割をしたほうがいいってわかってるんだ」

アリスターは、私と共にレイとエイミーを助けに向かったが、そのままレイとエイミーをうちに届け、それからずっとトレントフォースにとどまっている。

「今回、リアたちと旅をして、ずっとリアとリアの兄さんを見てたんだ、俺」

「そうなの？」

「ごめん、ずっとは嘘だ。けっこう忙しかったからな」

アリスターは夏空の瞳をきらめかせてハハハと笑った。

「リアのこと、ずっと心配だった。いつも我慢していい子にしてて、キングダムに帰っても無理してないかなって」

「リア、むりしてないよ？　いつもたのしい」

アリスターにそんな風に思われていたとは知らなかった。

「だけど、兄さんに愛されてて、仲のいい友だちがいて、ちゃんと面倒を見てくれる護衛とメイドがついてて。俺がバートたちに大事にされてるように、リアの周りにも仲間がちゃんといるってわかって、嬉しかったんだ」

「アリスター」

照れくさそうにニヤッとするアリスターは、もっと小さい頃に、一緒に過ごした時と何も変わっていない。

「俺ももう、無理して背伸びしてバートたちについて行かなくても不安じゃない。こうして残って自分の役割を果たせることを、大事にしたいと思えるようになったよ。偉くないか」

「アリスター、えらい」

私は背伸びしてアリスターの頭を撫でてあげた。

「わたしもずっとしんぱいしてまっていたのだぞ」

「ニコも、えらい」

アリスターの隣でぷんすか腕を組んでいるニコの頭も撫でてあげた。

この一週間でずいぶん仲良くなったようだ。

「俺がニコ殿下をあちこち案内してあげていたからな」

「うむ。ちょうちょうのやしきのうらの、ウェリぐりの林もみにいったぞ」

「ずるい！　リアもいったことないのに！」

そんなにぎやかな語らいをギルが優しく見守っているが、この場に兄さまはいない。

兄さまは一人、サイラスの最後を見届けたキングダム一行の代表として、ヒューやカルロス王子、それにバートたちと一緒に報告の旅に出てしまった。

熱で寝込んでいる私が、せめて回復してから行きたかったと思うが、医者に知恵熱のようなものですと言われて、何かを振り切ったかのように出発していった。

本来なら年長のギルが行くべきなのだろう。

だが兄さまが行くと主張したそうだ。

「確かに、リアを残していくのは心が痛いです。ですが、最後までサイラスが執着し続けたのは、オールバンスの淡紫でした。リアの身内として、サイラスの最後を見届けたものとして、私が直接、報告に行くべきだと考えます」

私が一番気になるのは、年上のギルをないがしろにしていると思われてしまうことだ。

「俺でもルークでも、一度報告に王都に戻ったら、もう一度国の外に出られるとは限らない。おそらく、王都に留め置かれる可能性が高い」

兄さまが旅立った後、ギルがそう教えてくれた。

「迎えに来るのは、おそらくルークではなく別の者になるだろう」

「にいさま……」

そんなことならもっとたくさんギュッとしておくべきだった。

「本当なら、カルロス王子やヒューと共に、俺たちも戻れば丸く収まったんだけどな」

ギルが内緒だよと言うように声を潜めた。それから、コホンと小さく咳ばらいをした。

「そもそも、迎えに行くまでトレントフォースにとどまっておくれと言ったのはお父様です。そしてそれはお父様の独断ではなく、キングダムの方針のはずです。ということは、キングダムから迎えが来るまでは、戻る必要はありません」

「ブッフォ」

私の護衛が笑い転げているが、私も口がぴくぴくしてしまう。

「にいさまがそういったの？」

「そうだよ。そしてね」

ギルがニコッと微笑んだ。

「あいつ、生意気に」

そしてまたコホッと咳をした。

「私のほうが若いのですから、まだまだキングダムの外に出る機会はギルより多いはずです。それにギルは年上ですから、しっかりとニコ殿下とリアの面倒を見るべきです。ってさ」

「にいさま……。すなおじゃない」

「そうだな。優しい奴なんだ。本人は認めないがな」

以前の兄さまなら、決して私を置いて行ったりはしなかったと思う。

兄さまも、少しは仲間を、そして私を信用することを覚えたのだ。

「だれがむかえにくるかな。おとうさまはむりだけど、またにいさまがくるといいな」

ふんふんと楽しく迎えを待つ私は、ニコと自分が、小さい結界箱を発明したことをすっかり忘れ、毎日トレントフォースを駆けまわるのだった。

それが次の騒ぎの元を連れてくるとも知らずに。

俺が守るべき人（ギル視点）

「本当にリアを置いていくつもりなのか？」

「はい。むしろギル、本当にいいのですか。私が行っても」

「俺はかまわない。四侯のどっちが上とか下とか、俺にとっては何の意味もないからな」

キングダムだけでなく、ウェスターにもファーランドにも追われていたサイラスが自滅してからたった二日、熱がなかなか引かないリアを残し、ルークは強い目をして国境の町からキングダムに旅立った。

大好きな兄が旅立って寂しかろうと、熱が出ているリアを見舞えば、こっそり布団の中にマールライトを持ち込んでいたとかでメイドのナタリーに叱られているところである。

「頑張りすぎてお熱が出たのです。これ以上頑張ってどうするおつもりですか」

「ええと、これはがんばっているのではなく、あそびみたいなもので」

「お熱が出ている時は遊びも禁止です」

もごもごと言い訳するリアの口を、ナタリーはぴしゃりと封じ込めた。

「ぷう」

「かわいいお口をしても駄目です」

もっとも、既にリアのかわいさにやられて、口元が緩みかけているのを必死に押さえている。

それをニヤニヤとハンスが見ているが、一番苦労しているのがこの護衛だろう。今回のことも含め、どれだけ危険な目にあってきたことか。

そうして非常時もそうでないときも他人を振り回しているのに、いたって普通の幼児でいるつもりのリアに一番振り回されているのが兄のルークである。

「あ、ギルだ」

部屋の入口で入るに入れずにいた私を見つけてニコニコしているリアは、熱のせいか頬がほんのりと赤く、いつも以上に目がぱっちりとしていて、ナタリーではないがなんでも言うことを聞いてしまいそうな愛らしさだ。

俺にとってもリアは妹のようなものだ。

キングダムに帰れば、クリスというもう一人の妹分と、フェリシアという姉のような人がいるが、リアはそれより前からの付き合いだから、やっぱり特別感がある。

「にいさま、おでかけした？」

「ああ。ヒューが一緒だから大丈夫だと思うぞ」

カルロス王子の名前が出てこなくても誰も何も言わないのはお察しである。

「リア、ふくざつなきもち」

寂しいと言うかと思えばそんなことを言っている。

「一緒に行きたかったとか、残ってほしかったとかじゃなくてか？」

「うん。まだトレントフォースにいたいし、兄さまじゃなくて、ギルがいっちゃってもさみしいし」

俺は口元を押さえて、鼻をふすふす言わせているリアから顔をそらした。

こんな幼児にいっぺんでやられてしまうのは少し悔しいが、この素直さがリアが「人たらし」たる由縁《ゆえん》なのだと思う。

リアのかわいらしさは少し変わっている。

そもそも、最初に会った時には草をむしっていたし、手には虫をつかんでいた。

クレアおばさまが生きていたら、そんなことはしてはいけませんよと言ってくれて、少しはフェリシアやクリスみたいにお嬢様らしく育ったかもしれないと一瞬思ったが、いやいやと頭を振る。

「虫を捕まえられるなんて、リアはおりこうね」

とクレアおばさまが微笑んでいる姿が目に浮かぶ。そこには穏やかなディーンおじさまがいて、ルークは……。そこまで想像してしまって、俺はブンブンと頭を振ってその考えを振り払う羽目になった。

ルークは、きっと寂しい目をして一歩下がってその様子を見ていただろうな、と考えてしまったか

らだ。きっとクレアおばさまはそんなルークに気づいて、

「さあ、ルーク。こっちへいらっしゃい」

と、おそるおそる近づいてきたルークを腕に抱え、また楽しそうにリアを眺めるだろう。

だが、ディーンおじさまにはそんなルークは目に入っていない。視界には陽だまりのように微笑むクレアおばさまとリアだけが写っている。あるいは、リアさえも見ていないかもしれない。

リアが生まれるまでは、オールバンスでのディーンおじさまとルークの関係はその程度のもので、とても希薄だった。

「人は育てられたように育つんだよ。ディーンの両親もディーンに興味がなかったし、あいつ自身、そのことを当たり前だと疑問にすら思っていなかったんじゃないかな」

なぜルークにもっと興味を持たないのかと腹が立ち、父に聞くとそんな答えが返ってきた。

「俺もディーンが幼い時に、同じように思ったことがある。血筋かな」

そう言って頭をぐりぐりと撫でる父からわかるように、うちは仲のいい家族だと思う。

「けどな、俺の親父、つまりお前のじいさんは、ろくでもない奴だっただろう。だから、血筋がすべてでもない」

むしろ反面教師だったのかもしれない。

「だが、お前がルークのことを大事に思うなら、するべきことは親子関係に口を出すことじゃない。大事にしたい奴を大事にすることだ」

大事にしたい奴を大事にする。

大事なのは、自分が相手にどうしたいかということだと、父は気づかせてくれた。

ルークはオールバンスの色を父親から、顔立ちを母親から受け継いだようで、きついとも言えるほど端正なディーンおじさまとは違い、優しげな少女のような子どもだった。

のちに実の母親のダイアナおばさまと顔を合わせた時は、ルークの顔でも性格によってはきつい顔になるのだと知ったのは大きな発見だった。つまり、ルークの優しい顔立ちは、優しい性格の表れなんだろう。

学院に入ってくる前も後も、その顔立ちのままに、目立たず静かに過ごすのがルークだった。四侯の跡継ぎとしては、性格がおとなしすぎるとささやかれるのを何度も聞いた。

だが、外見だけで判断する奴らは、ルークがいかに賢いかを知らない。

目立つようなことをしないだけで、学院ではほとんど勉強していなくても常に首位である。なんなら、二学年上でも首位を取れるかもしれないというくらい、頭がいいし、勉強もしているのだ。

そんなルークが変わったのが、リアが生まれてからだ。

ルークをかわいがってくれていたクレアおばさまが亡くなった時、本当はルークももっと悲しみたかったはずだ。だが、ディーンおじさまの悲しみが深すぎて、ルークは自分が悲しむのさえ申し訳ないとばかりに、自分の気持ちを押し込めてしまった。

淡い金の髪に淡紫の瞳、少女のようなはかない印象のルークは、悲しいと口にすることもできず、まるで消えてしまいそうなほどに存在感をなくしていた。悲しみに沈んでいた家にようやっと戻り、リアと出会うまでは。

父にも疎まれ、ほとんどその存在を忘れ去られていた赤子は、しかしあのリアだった。その頃のリアのことは知らないけれど、きっと赤子の頃から生命力にあふれていたのだろう。

夏休みが終わり、家から寮に戻ってきたルークは、まるで人形に命が吹きこまれたみたいにいきいきと活発な少年に変わっていた。

どんなにリアがかわいいか、どんなにリアが面白いか、愛する者ができた人間というのはこんなにも感情が豊かに変わるのだと驚いたが、そんなにかわいい妹なら見せてみろと、せっついてオールバンスの家を訪れて心底驚いた。

なんと、ディーンおじさまがリアに夢中ではないか。

「ディーンから赤子の話が一言も出ない。無理にでも押しかけるべきか」

と悩んでいた父も驚きで目を見開いていた。

クレアおばさまに夢中だった時、その愛は一心におばさまに向いていて、近くにいたものはまるで自分が存在していないかのような寂しい気持ちになったものだ。その頃のルークの気持ちを思うといたたまれない。

だが、リアに夢中なディーンおじさまからは、まるで周りを照らす太陽のような温かさが広がっている。そしてもっと驚いたのは、ルークが臆せずディーンおじさまと接しているということ。そしてディーンおじさまのリアに向いている笑顔が、ルークにも同じように向けられているということだった。

そんなディーンおじさまとルークに、満面の笑みを向け、ためらわずに手を伸ばし、抱っこをせがむリア。

そんなリアだが、俺には警戒してプイっと横を向いた。

嫌われても喜びと愛しさが沸き上がるなんて初めての体験だった。

「じる？」

と舌足らずに名前を呼ばれた時のことは今も忘れない。

嫌なことは嫌と言う。

好きなことは好きと言う。

やりたいことはやってみる。

自分を出さずに、ディーンおじさまとダイアナおばさまの顔色をうかがって生きてきたルークにとっては、そんなふうに生きていいのだということそのものが衝撃だったのだと思う。

そんな自由奔放な生き物が、自分にだけは全面の信頼をおき笑顔で手を伸ばす。こんな幸せがあるだろうか。

なぜディーンおじさまが、リアだけでなくルークのことも大事にするようになったのかはわからなかったが、俺と父はほっと胸を撫でおろしたのだった。

それからのことは、思い出しても胸が痛い。

リアがオールバンスの屋敷からさらわれ、初めて家族への愛を自覚した二人がどれだけ苦悩したことか。

だがそれは、ルークをいやおうなしに成長させた。おとなしすぎて四侯の跡継ぎとしてどうなのかなどという声は、一切聞かれなくなった。

その代わりに聞こえてきはじめた声が、

「リスバーンの後継は、年上なのにオールバンスの後塵《こうじん》を拝している」

というものだった。

俺は気にしなかったが、ルークはそれを気にかけ、なにかと俺を立てるようになった。

「そんなこと気にしててもしょうがないだろ。そんなの親子二代のことだって笑ってればいいじゃないか」

俺の父も、ディーンおじさまより年上だが、周りからは、いつもディーンおじさまに振り回され、わがままを言われているという印象らしい。

だが、それは父がディーンおじさまが好きで、友だちとして大事にしているという以外の意味などない。

そもそも四侯はお互いに対してかかわりもないが、上下もない。それなのに、四侯はオールバンスが仕切っているというもっぱらの噂である。それはオールバンスの発言が目立つからであって、実際には誰も四侯を仕切ってなどいないのだ。

だが、俺のへたくそな冗談はルークを困らせるだけだった。

俺が本当に何とも思っていないんだとルークに伝わったのは、それからずいぶん後になる。

さらわれたリアが戻ってきて、王都が襲われ、リアとニコ殿下が人質になりながらも、王都を救った後だ。

王都を、ひいてはキングダムを守ることがリアを守ることになると思い、そう行動し始めたオールバンスと、自分と自分の親しい人が守れれば、他はどうでもいいリスバーン。

やるべき仕事さえやれば、他のことにほとんど興味がないモールゼイと、実の子にさえ興味のなかったレミントン。

キングダムの結界に魔力を注ぐ四侯の、それぞれの気質が期せずして明らかになった出来事だった。

「そういうわけだから、俺は、俺の親しい人を守るためだけに、四侯の跡継ぎをやってるんだ。その四侯として、上でも下でも、前でも横でもそんなことはどうでもいい。誰に何を言われても気にならないんだよ」

「私は、ギルは私の前にいて、ずっと私を引っ張ってくれているものだと思っていました」

俺の言葉に、ルークは戸惑いを隠せないようだった。

「お前は俺より年下だけど、俺より優秀だ。だが、繊細すぎるところも苛烈なところもあって、まだまだ危うい」

特にリアのことが絡むとそうだ。

「俺はあまりキングダムのことに興味はないし、自分で言うのもなんだけど心は強くて揺るがない。俺たちの親と同じように、隣り合って歩いて行ったらいいだろ。お互いの足りないところを補い合ってさ」

「隣り合って」

「並んでさ」

今回の旅の前に、そう誓い合った。

だからルークはもう、迷わない。

上とか下とか言われようがなんだろうが、キングダムの四侯として発言するし、行動する。

俺はそれをどっしりと支えて、責任を取るだけだ。

「だから、俺が年長なのに下に見られるとか、気にしなくていいんだよ、リアも」

はっきりとは言わないけれど、ルークより俺のほうが評価が低いかもと気にしてくれているのだろう。

「リア、きにしてないよ」

本当は気にかけて心配してくれているくせに、そんな強がりを言う。

「だって、ほんとうにとしうえなのは、マークでしょ」

俺はその名前にぽかんと口を開けた。

「よんこうは、オールバンスとリスバーンだけじゃないでしょ。としからいったら、マークとフェリシアがうえ。ギルとにいさまだけがせのびするひつよう、ないでしょ」

リアはちょっと顎を上げて、ふすふすと鼻を鳴らした。なんなら両手を腰に当てて、胸まで張っている。最近難しいことがきちんと言えるようになって、それが自慢なのだ。

そうだ、ルークと二人で四侯の責任を一心に背負っているような気がしていたけれど、王都に帰れば、マークとフェリシアがいる。

上か下かなんて、彼らも鼻で笑い飛ばすことだろう。

「では、トレントフォースで、俺ができることをしようか」

「じゃあ、ウェリぐりのはやしをみにいこう」

迷わず答えたリアに、それは四侯のすべきこととは全然違うだろうと突っ込むところだった。だが、辺境の子どもたちに先導されながら、ニコ殿下とリアの手を引いて歩くことが、今の俺のすべきことなのは間違いない。

ルーク、俺も守るべき親しい人が、だいぶ増えたような気がするよ。

《了》

あとがき

少し間が空きましたが、『転生幼女』九巻も無事お届けできてほっとしています。八巻からの引き続きの読者の方、そしてウェブ連載やコミカライズから来てくださった方、作者の他作から来てくださった方、そしてご新規の方も、手に取ってくれてありがとうございます。カヤと申します。

ここからはネタバレもあるので、気になる方は先にどうぞ。

さて、この巻ではついにサイラスとの決着が付きます。

なぜかリアに粘着しているように見えるサイラスですが、正確に言うとちょっと違うかなあと思うんです。いや、あなたが書いたんでしょと言われそうですが、作者としては、登場人物を思うように動かしているのではなく、動いている登場人物を写し取っている感覚のほうが強いんです。

サイラスの一番根底にあるのは、「どうでもいい」という厭世観です。

どうでもいいから、自分のやっていることがよかろうが悪かろうが気にしない。

どうでもいいから、何かに興味をひかれることが珍しいため、それが執着になる。

あら、粘着と同じでしょうか。

リアとかかわっている時だけは、思う通りにならないことが多くて、逆に心が沸き立つのでしょうね。リアとリアを大事に思っている人たちにとっては、迷惑なことです。

そんなサイラスと対峙するにあたって、リアも行き当たりばったりではいられません。自ら行動するリア、必見の巻です。

最後に謝辞を。「小説家になろう」の読者の皆様。どこへ行くかわからない話をじっと待っていてくれる編集と一二三書房の皆様。不気味な虚族やラグ竜までしっかり描いてくれるイラストレーターの藻様。そしてこの本を手に取ってくれた皆様、本当にありがとうございました。

カヤ

転生貴族の異世界冒険録
～カインのやりすぎギルド日記～
原作：夜州
漫画：香本セトラ
キャラクター原案：藻
レベル1の最強賢者
原作：木塚麻弥
漫画：かん奈
キャラクター原案：水季
我輩は猫魔導師である
原作：猫神信仰研究会
漫画：三國大和
キャラクター原案：ハム

捨てられ騎士の逆転記！
原作：和田 真尚
漫画：絢瀬あとり
キャラクター原案：オウカ
身体を奪われたわたしと、
魔導師のパパ
原作：池中織奈
漫画：みやのより
キャラクター原案：まろ
バートレット英雄譚
原作：上谷岩清
漫画：三國大和
キャラクター原案：桧野ひなこ
コミックポルカ
COMICPOLCA
話題のコミカライズ作品を続々掲載中！
毎週金曜更新
公式サイト
https://www.123hon.com/polca/
Twitter
https://twitter.com/comic_polca
コミックポルカ
検索

転生幼女はあきらめない 9

発 行
2023年12月15日　初版発行
2024年　1月20日　再版発行

著 者
カヤ

発行人
山崎　篤

発行・発売
株式会社一二三書房
〒101-0003　東京都千代田区一ツ橋2-4-3 光文恒産ビル
03-3265-1881

印 刷
中央精版印刷株式会社

作品の感想、ファンレターをお待ちしております。

〒101-0003　東京都千代田区一ツ橋2-4-3 光文恒産ビル
株式会社一二三書房
カヤ 先生／藻 先生

Printed in Japan, ISBN 978-4-8242-0068-6 C0093
※本書は小説投稿サイト「小説家になろう」（https://syosetu.com/）に
掲載された作品を加筆修正し書籍化したものです。